Gustav Wolff

Vier griechische Briefe Kaiser Friedrichs des Zweiten

Anatiposi

Gustav Wolff

Vier griechische Briefe Kaiser Friedrichs des Zweiten

Unveränderter Nachdruck der Originalausgabe von 1855.

1. Auflage 2023 | ISBN: 978-3-38201-278-6

Anatiposi Verlag ist ein Imprint der Outlook Verlagsgesellschaft mbH.

Verlag: Outlook Verlag GmbH, Zeilweg 44, 60439 Frankfurt, Deutschland
Vertretungsberechtigt: E. Roepke, Zeilweg 44, 60439 Frankfurt, Deutschland
Druck: Books on Demand GmbH, In de Tarpen 42, 22848 Norderstedt, Deutschland

Vier griechische Briefe

Kaiser Friedrichs des Zweiten.

Zum ersten Male herausgegeben

von

G<small>USTAV</small> W<small>OLFF</small>.

BERLIN.

Verlag von Julius Springer.

1855.

EINLEITUNG.

Die griechische Pergamenthandschrift No. 91 der Badia zu
Florenz ist neuerdings in die dortige Lorenzobibliothek über-
gegangen, und führt jetzt die Nummer 2725. Hinter vier Stücken
des Sophokles mit den alten Scholien, welche auf dieselbe Quelle
zurückgehen, aus welcher die älteste und beste Handschrift des
Sophokles, der sogenannte cod. Laurentianus A, geflossen ist,
folgen drei Blätter, welche vier griechische Briefe enthalten.
Bei dem ersten derselben ist die Ueberschrift abgeschnitten, die
drei anderen sind als Briefe Friedrichs des Zweiten an seinen
Schwiegersohn Johann Vatatzes, Kaiser von Nicaea, bezeichnet.

Die Form der Buchstaben weist auf das Ende des 13. Jahr-
hunderts hin, und dies bestätigt folgende Angabe auf dem ersten Blatte: »gegenwärtiges Buch des Sophokles wurde von der
Hand des Priesters Augustinus bis zum 15. im Monat Juli des
Jahres 6790 in der 10. Indiction geschrieben« [1]), d. h. nach
Byzantinischer Zeitrechnung, welche, zuerst im Chronicon pas-
chale angewandt, seit dem 8. Jahrhundert in den griechischen
Schriften und Urkunden vorherrschte und mit den Indictionen
gewöhnlich verbunden wurde. Nach derselben fiel die Erschaf-
fung der Welt auf das Jahr 5508 vor Christo, zu den Alexan-

---

[1]) ἐγράφη τὸ παρὸν βιβλίον τοῦ σοφοκλέους διὰ χειρὸς ἱερέως αὐ-
γουστίνου ἐν μενὶ (so) Ἰουλίου εἰς τὴν ιε ψ Ω ἰνδ. δεκάτη (so).

drinischen Indictionen wurde eine hinzugezählt, und das In-
djctionenjahr begann mit dem 1. September. Demnach ist unsere
Handschrift 1298 beendigt worden. Unter dieser Angabe ist
auf demselben Blatte noch der Todestag eines Priesters als der
1. Oct. 6769 = 1277 bezeichnet [1].

Das Pergament der Handschrift ist zwei älteren Handschriften entnommen, deren eine, aus dem sechsten Jahrhundert,
die Septuaginta, die andere, aus dem elften, ein theologisches
Werk enthielt. Die alte Schrift ist ausradirt. Die vier Briefe
sind von derselben Hand, wie der Sophokles, geschrieben, nur
mit kleineren Buchstaben und viel zahlreicheren Abkürzungen.
Manche Stellen sind abgeschabt und schwer lesbar. Ich habe
die Briefe im September 1848 zu Florenz abgeschrieben.

Dafs dieselben ächt sind, zeigt Inhalt und Form. Die
darin vorkommenden Thatsachen stimmen mit anderen Quellen
überein, die Ueberschrift des zweiten enthält Friedrichs fest-
stehende Titel; die langen Sätze, die gesuchten Redensarten,
die schwülstigen Ausdrücke, die rhetorischen Angriffe endlich
auf Pabst und Geistlichkeit entsprechen durchaus der Weise des
Kaisers und seinen bereits bekannten lateinischen Briefen. Griechische Briefe sind freilich sonst von ihm nicht erhalten. Doch
verstand er Griechisch. So schreibt er an die Universität Bologna [2]), er habe in der Jugend seinen Geist an der Wissen-
schaft genährt und verwende noch jetzt als Kaiser (um 1220)
seine Mufse zu wissenschaftlicher Lectüre. »Während wir also
die Bücherrollen«, schreibt er, »deren vielfältige [3]) und in vie-

---

[1]) Ἐκοιμήθη ὁ δοῦλος ἱερεὺς Ἰωάννης ἀπὸ Κραπίλλου ἐν μηνὶ ὀκτω-
βρίῳ εἰς τὴν ά, ἡμέρᾳ κυριακῇ, ἔτει ϛ ψ φ θ ἰνδ. δ'. Hier habe ich die Jota
subscripta hinzugefügt.

[2]) Petri de Vineis epistolae ed. J. R. Iselius Basileae. 1740. lib. 3 ep. 67.

[3]) quorum multifarie multisque modis distincta chirographa. Ich schreibe
multifaria; vorher ist für in lectionis exercitatione gratuite zu schreiben grate,
d. h. gratae, auf lectionis bezogen.

len Beziehungen ausgezeichnete Handschriften die Schränke Unserer Schätze bereichern, mit fleifsigem Nachdenken einsahen und mit sorgfältiger Betrachtung erwogen, kamen Uns verschiedène Auszüge aus Aristoteles und anderen Philosophen, in griechischer und arabischer Sprache herausgegeben [1]), bei Unseren sprachlichen und mathematischen Studien unter die Hände.« Er las also Excerpte aus griechischen Philosophen in griechischer und arabischer Sprache. Dafs eine griechische Inschrift auf einem Bande, das man an einem Hecht fand, ihm zugeschrieben wurde [2]), beweist wenigstens, dafs der Kaiser bei seinen Zeitgenossen als Kenner jener Sprache galt. War er doch in Sicilien und von einer sicilianischen Mutter geboren, und griechisch wurde »im unteren Italien und in Sicilien ... im 13. Jahrhundert fast ausschliefslich gesprochen und geschrieben« [3]), so dafs ja der liber Augustalis sive Constitutiones utriusque Siciliae ins Griechische übersetzt werden mufste [4]). Auch sonst war im Abendlande die Kenntnifs dieser Sprache damals nicht ganz erloschen [5]). Und in der That lassen unsere Briefe durch ihre Verderbnisse auf ein griechisches Original schliefsen. So findet sich in der Mitte des ersten Briefes διεκδικ

---

[1]) editae fehlt in Isels Handschriften, steht aber in der besten, einer Riccardischen in Florenz L. 2 num. 16 nach Mehus im Leben des Ambrosius Traversari (Ambr. Traversarii, Generalis Camaldulensis, epistolae a P. Corneto in libros 35 distributae. Acc. Ambrosii vita ... a Laur. Mehus. Florent. 1759. Folio) S. 157.

[2]) v. Raumer Hohenstaufen VI. 483. 2. Aufl.

[3]) v. Raumer a. a. O.

[4]) Sie erschienen 1231 unter dem Titel βασιλικαὶ διατάξεις zu Melfi und sind in Neapel 1786 in Folio mit gegenüberstehendem lateinischem Texte herausgekommen. Peter von Vinea mufste die Uebersetzung veranlassen; der Uebersetzer selbst ist unbekannt.

[5]) Belege bei v. Raumer III. 412. Man kann hinzufügen, dafs Gregor IX. von Germanus II., Patriarchen von Konstantinopel, einen griechischen Brief erhielt (Fabric. bibl. Graeca XI. S. 167. Harless).

mit einer 6 über *x*, d. h. dem Zeichen für *αν*, statt *διεκδικεῖν*. Die Zeichen für *αν* und für *ειν* sehen sich durchaus nicht ähnlich, wohl aber ist das ,für *ει* in früheren Handschriften, als der unsrigen, von *α* oft kaum zu unterscheiden. Im Original war also die Endung ausgeschrieben und unser Schreiber hat sich verlesen. Im zweiten Briefe steht zuerst *Κρεμόνος* in deutlicher Abkürzung, weiterhin richtig *Κρεμόνας* ausgeschrieben. Auch *ας* und *ος* werden ganz verschieden abgekürzt, Cremonis und Cremone, wenn man auf ein lateinisches Original schliefsen wollte, ist ebenfalls nicht leicht zu verwechseln. Wohl aber wurde ein *α* zu einem *o*, wenn der vor der Rundung rechts querliegende Grundstrich verlöscht war. Im dritten Briefe gegen Ende steht *τ* und darüber *ά*, d. h. *τὴν*, statt *τ* mit : daneben, d. h. *τά*, im Anfange desselben Briefes *τ* und darüber *ά* für *τὴν*. Im Original war also *τὴν* abgekürzt, *τά* ausgeschrieben, und das *α* ist leicht mit dem umgekehrten *ν* zu verwechseln.

Rührt nun also dieses Original vom Kaiser selbst her? — Ich glaube nicht. Seine zahlreichen Briefe sind sonst sämmtlich lateinisch, auch die an Vatatzes selbst[1]). Der Satzbau in unseren Briefen ist lateinisch, nicht der leichteren Art der byzantinischen Geschichtsschreiber entsprechend. Manche Wörter sind sklavisch übersetzt, wie das in Friedrichs lateinischen Briefen oft vorkommende nostra serenitas in *ἡ αἰθριότης ἡμῶν*, während z. B. in den Constt. Siciliae andere Ausdrücke gebraucht werden. Im Anfange des zweiten Briefes steht *μηνυταῖς*, den Anzeigern, für nuntiis, durch Anzeigen; im Anfange des ersten

---

[1]) So der Empfehlungsbrief in Petri de Vineis epp. ed. Isel. lib. 3. ep. 29 mit der Ueberschrift: Calojohanni, Imperatori Graecorum illustri. Ebenso steht nach gütigst von Herrn Bibliothekar Dr. Ferd. Wolf ertheilter Auskunft in einem Formelbuch, der 590. Handschrift zu Wien, früher philol. 305, ein lateinischer Brief an Vatatzes, welcher anfängt: Fr(idericus) Batacio. Si quantum uotis nostris applaudias, und zum gröfsten Theile von Raumer Hohenst. IV. 139 in Uebersetzung mitgetheilt ist.

κατὰ τὸ ἐλευσόμενον πρότερον ἔαρ für proxime, den nächst-
bevorstehenden. Man wird also wohl anzunehmen haben, daſs
die Briefe vom Kaiser lateinisch geschrieben und, da sie an
Griechen gerichtet waren, in der Kanzlei in das Griechische
übersetzt worden sind, und daſs von dieser Uebersetzung unsere
Handschrift eine Abschrift giebt. Diese Briefe sind uns nur
griechisch erhalten, wie die anderweitigen an Vatatzes nur lateinisch.

Unsere Briefe sind nicht datirt, doch läſst sich ihre Ab-
fassungszeit ziemlich genau bestimmen. Im zweiten nämlich
wird der Sieg des Pelavicino bei Parma mitgetheilt und auf den
18. August der 8. Indiction, d. h. 1250, wie von allen übrigen
Quellen, gesetzt, aufserdem der 20. des verflossenen Augusts
und der 1. des laufenden Septembers erwähnt. Dieser Brief
ist also im September 1250 geschrieben, und zwar wohl noch
im Anfange dieses Monats, da der Kaiser die Zahl der gefangenen Parmesanen darin auf 1200 angiebt, die Chronik von
Parma aber genauer auf 1585, also Friedrich wohl schrieb, als
ihm erst die ungefähre Zahl nach Süditalien, wo er sich damals aufhielt, gemeldet war. In demselben Briefe theilt er die
Unterwerfung der Romagna mit; er wiederholt dies im vierten
Briefe, den er als ein Nachwort zum zweiten bezeichnet, hier
erwähnt er aber bereits Romagnolen, die sich in seinem Heere
befanden und schildert die weiteren Folgen des Sieges bei Parma.
So kommt man ungefähr auf den October. Aus dem dazwi-
schenstehenden Briefe erkennt man nur das Jahr 1250, indem
die Aufreibung des Kreuzheeres an den Fluthen des Nils als
vor Kurzem erfolgt bezeichnet wird, ein Ereigniſs, das nach der
Schlacht bei Mansura am 5. April dieses Jahres stattfand, als die
Saracenen die Nildämme durchstachen. Darf man einen Schluſs
aus der Anordnung in der Handschrift machen, so würde dieser
Brief Ende September oder Anfang October geschrieben sein. Der

erste Brief endlich gedenkt der Sammlung einer grofsen Streit-
macht aus allen Provinzen und aus den Landen befreundeter
Fürsten gegen den Pabst und die Empörer zum nächst bevorstehenden Frühling, so wie mehrerer auch im dritten Briefe
herührter Thatsachen. Dies pafst ebenfalls auf 1250. Der Kaiser
will Schiffe nach Durazzo senden, um Vatatzes Hülfstruppen ab-
zuholen, und bittet um freien Durchzug dieser Truppen bis zu
jenem Hafen. So kommt man etwa auf den Monat Februar.
Die Briefe sind wahrscheinlich in Süditalien geschrieben.
Schon 1249 am 25. Mai hielt sich der Kaiser zu Neapel, am
21. und 26. Juni zu Benevent, im October zu Foggia auf, am
29. November 1250 erkrankte er auf dem Schlosse Fiorentino
(Firenzuola), 7 Miglien von Luceria, 15 nordwestlich von Foggia,
wo er am 13. starb ¹). Sonst sind aus diesem Jahre keine An-
gaben über seinen Aufenthalt vorhanden; die einzigen überliefer-
ten weisen also auf Süditalien, und es ist kein Grund vorhanden,
anzunehmen, dafs er von Ende Mai 1249 bis zu seinem Tode
jene Gegend verlassen habe. Dazu pafst nun auch, dafs er im
dritten Briefe sagt, er sende Schiffe aus Brindisi ab, um Vatatzes Gesandte zu sich herüberzuholen; die päbstlichen Gesandten hätten sich vor ihrer Ueberfahrt nach Griechenland bei ihm
aufgehalten, — ihre Absicht konnte es nicht sein, — und er
habe ihnen damals einige Mittheilungen gemacht. Nach Brindisi
mufsten sie gehen, sie konnten es nicht verlassen, ehe ein Schiff
von da nach Durazzo ging. Dies führt auf einen zeitweiligen
Aufenthalt des Kaisers in Brindisi, und wenigstens jenen dritten
Brief hat er wohl dort geschrieben.

Wir haben hier also Briefe aus Friedrichs letzter Lebens-
zeit vor uns, aus einer Zeit, für welche die Quellen sonst
spärlich fliefsen. Der vierte Brief ist wenige Wochen vor des

¹) Boehmer's Regesta Impp. 2. Aufl.

Kaisers Tode geschrieben. Ich habe schon bemerkt, dafs der zweite, dritte und vierte an Vatatzes gerichtet ist.

Joannes Dukas Vatatzes, auch Kaloioannes genannt, war bekanntlich der zweite Beherrscher des Kaiserthums zu Nicaea, eines der griechischen Reiche, welche nach der Einnahme Konstantinopels durch die Lateiner aus nationaler und confessioneller Reaction gegen die der römischen Kirche angehörigen Fremdlinge gestiftet wurden [1]). Zu Didymoteichos im ehemaligen Karien geboren, diente er schon seit 1207 unter dem Gründer jenes Reiches, Theodor Laskaris, dem Schwiegersohn des Kaisers von Konstantinopel Alexius III. und dem Bruder Isaaks II., als Feldherr, erhielt von Theodor den Rang eines Protovestiariten und zuletzt die Hand seiner Tochter Irene nach dem Tode ihres ersten Gatten Andronicus Palaeologus [2]). Da Theodor

---

[1]) Nicephorus Gregoras I. Cap. 2. Band I. S. 13. Schopen. Es möchte vielleicht Manchem erwünscht sein, wenn ich aus cod. reg. Par. 2731 fol. 46 (bei Boivin. zu Niceph. Greg. S. 13 der Bonner Ausg.) die Folge der Kaiser von Nicaea mittheile. Die Zahlen links geben das Ende der Regierung nach byzantinischer Zählung an, die rechts nach Philipp Aridaeus, die vor letzteren die Regierungsjahre. Statt der griechischen setze ich unsere Zahlzeichen, und füge die Jahre nach Christo nach unserem gewöhnlichen System hinzu.

6730 = 1222	Θεόδωρος Λάσχαρις ὁ πρῶτος	18	1545
6763 = 1255	(29. Oct. nach Georg. Acrop. Cap. 52) Ἰωάννης		
	Δούκας ὁ Βατάτζης	33	1578
6767 = 1259	Θεόδωρος Λάσχαρις παῖς Ἰωάννου	4	1582
6791 = 1283	Μιχαὴλ Παλαιολόγος	24	1606
6836 = 1328	Ἀνδρόνικος, ὃς Ἀντώνιος μοναχός	45	1651
6849 = 1341	Ἀνδρόνικος ὁ ἔγγονος αὐτοῦ	13	1664
6863 = 1355	Ἰωάννης ὁ Κανταχουζηνός	14	1678
6900 = 1392	Ἰωάννης ὁ Παλαιολόγος, γαμβρὸς αὐτοῦ . .	37	1715

[2]) Georg. Acropolita Cap. 15. S. 29. Bekker: τὴν δὲ πρώτην αὐτοῦ θυγατέρα, τὴν Εἰρήνην, ἀνδρὶ συζεύγνυσι (Theodor Lascaris) τῷ Παλαιολόγῳ Ἀνδρονίκῳ, ὃν καὶ δεσπότην τετίμηκε. Μετ᾽ οὐ πολὺ δὲ ὁ δεσπότης Παλαιολόγος θνήσκει, καὶ προσλαμβάνεται ὁ βασιλεὺς εἰς γαμβρὸν Ἰωάννην τὸν Δούκαν, οὗ Βατάτζης τὸ ἐπίκλην, καὶ ἐκ Διδυμοτοίχου ἦν ὡρμημένος, τὸ τοῦ πρωτοβεστιαρίτου διενεργῶν ὀφφίκιον.

Laskaris keinen mündigen Sohn hinterliefs, erwählte er den
Vatatzes zum Nachfolger[1]). Nach dem Tode der majestätischen,
hochgebildeten [2]) Irene, welche Vatatzes lange betrauerte[3]), hei-
rathetê dieser 1244 [4]) Anna Lancia, die Schwester Manfreds,
natürliche Tochter Friedrichs des Zweiten. Auch die arme
Anna entging dem tragischen Schicksal der Kinder Friedrichs
nicht. Ihr Gatte kränkte sie durch Untreue, und zog ihr die
aus Italien mitgekommene Hofdame Marchesina vor, welcher er
die kaiserlichen Insignien und ein gröfseres Gefolge gab, als
der Kaiserin selbst, so dafs der fromme und gelehrte Presbyter
von Emathia, Nicephorus Blemmidas, sich veranlafst sah, die
einflufsreiche Geliebte aus dem Gottesdienste zu verweisen[5]).
Kinder scheint sie nicht gehabt zu haben. Ihr Stiefsohn regierte
nur vier Jahre, und dessen Sohn gelangte gar nicht auf den
Thron, denn er wurde von seinem Vormunde Michael Palaeo-
gus verdrängt.

---

[1]) Acrop. Cap. 18. S. 34: καταλύει τὸν βίον, τὴν βασιλείαν καταλιπὼν
τῷ γαμβρῷ αὐτοῦ Ἰωάννῃ τῷ Δούκᾳ. Οὐ γὰρ εἶχεν ἄρρενα παῖδα εἰς
ἥβην ἐλθόντα u. s. w. Ungenau Nicephorus Gregoras im Anfange des zweiten Buches. Ueberhaupt giebt dieser, wo er nicht als Zeitgenosse spricht,
nur einen ungenauen Auszug aus Georg. Acrop., und fügt nur einige unglaub-
würdige Anecdoten hinzu, wie 2. 7. 5 das sentimentale Selbstbekenntnifs des
Vatatzes wegen seiner Untreue gegen Anna. Ich halte mich daher besonders
an Georg. Acrop.
[2]) Georg. Acrop. 34 Anfang, S. 56. 17 und Cap. 39. S. 67 f.
[3]) Acrop. Cap. 52. S. 110. Niceph. Greg. 2. 3. 7.
[4]) So Matth. Par. S. 431 ed. Wats, London 1684; und 1245 wirft der
Pabst diese Verschwägerung mit einem Schismatiker dem Kaiser vor. Raynald.
ann. eccl. II. No. 33. S. 327. Nennt Navagiero storia della rep. Veneziana bei
Muratori rer. Ital. scriptt. XXIII. S. 992 nicht ganz irrthümlich das Jahr 1235,
so wäre in dieses Jahr die Verlobung zu setzen, welche damals der Verhei-
rathung häufig lange voranging, z. B. bei Vatatzes Enkelin nach Acrop.
Cap. 49 Anfang.
[5]) S. Nicephorus encyclischen Brief zu Acrop. S. 260 Bekker.

Vatatzes war übrigens ein eben so tüchtiger Krieger[1]), wie
feiner Diplomat. Er unterwarf den Hellespont, Macedonien,
Thracien, Thessalonich, bedrohte wiederholt Konstantinopel und
belagerte es 1235 im Bunde mit dem Kral von Bulgarien, Asan,
und hatte sich offenbar. das Ziel gesteckt, das alte oströmische
Reich unter seinem Scepter wieder zu vereinigen. Friedrich
suchte er dadurch zu gewinnen, dafs er ihm die Huldigung
versprach, wofern er die Franken aus Konstantinopel vertrieben
habe[2]), die Unternehmungen der Franken aber lähmte er damit,
dafs er mehrmals gegen den Pabst den Schein annahm, als
wolle er zur römischen Kirche übertreten; so 1240 aus Furcht
vor König Bela II. von Ungarn. Er zog sein Anerbieten, als
er sich wieder sicher wufste, zurück, und 1247 dankt Innocens IV. dem Bela in einem Briefe vom 1. Februar aus Lyon[3])
für seine fortgesetzten Bemühungen, den Vatatzes zu bekehren,
und legt ihm dringend ans Herz, in seinen Versuchen nicht
nachzulassen. Als diese nicht gelangen, und in demselben Jahre
der lateinische Kaiser Balduin flüchtig nach England kam, welchen der Pabst nach Möglichkeit unterstützt hatte[4]), verhandelt
Innocens 1248 mit den Tartaren, welche den Vatatzes bekrie-
gen wollten[5]). Dagegen unterstützt Vatatzes den Schwieger-

---

[1]) S. besonders Acrop. S. 111 Bekker.

[2]) v. Raumer III. S. 622.

[3]) Raynald. ann. eccl. 2. No. 27. S. 377. Exultantes accepimus et refe-
rimus gratias, quod pro tuis insistis viribus et laboras, ut ad sinum matris
ecclesiae redeat Vatacius et gens ejus ... excellentiam tuam .. rogamus, qua-
tenus aliquos nuncios viros providos et discretos ad praefatum Vatacium non
differas destinare.

[4]) Matth. Par. 1247. S. 637. Baldewinus, Imperator Constant., in An-
gliam venit expulsus .... licet ipsum dominus Papa fovere incepisset, et contra
Vastagium, generum Frederici, bella moventem efficacissime pro posse juvisset.

[5]) Matth. Par. 1248 S. 654. Eadem aestate venerunt duo nuncii Tartarorum, a principe eorum ad dominum Papam destinati. Causa autem nuncii
adeo cunctos latuit in curia, ut nec clericis notariis nec aliis, licet familiaribus

vater im nämlichen Jahre mit einer bedeutenden Summe Gel-
des [1]), und sendet ihm, wie wir aus unserem ersten Briefe
sehen, im Jahre 1250 Hülfstruppen.

In dieses Jahr nämlich fällt die angestrengte Rüstung Friedrichs zur Wiedereroberung von Parma. Er zog dort »toska-
nische und lombardische Städter, Burgunder, Calabresen, Apulier,
Sicilianer, Griechen und (aus Afrika herbeigeholte) Saracenen
von Nocera« zusammen [2]). Die Chronik von Parma berichtet
darüber [3]): »In demselben Jahre (1250) wurden die Parmesanen
bei der Stadt von den Cremonensern und den auswärtigen Parmesanen der kaiserlichen Partei, welche dreitausend Mann an
Rittern und Knappen stark waren, geschlagen, und viele Parmesanen wurden in den Laufgräben der Stadt getödtet. Und
gefangen wurden 1585 Parmesaen nach Cremona geführt, ge-
fallen aber sind unzählige. Auch der Bannerwagen der Parmesanen, Blancard genannt, welchen die Parmesanen bei sich
hatten, wurde von den Cremonensern genommen und nach Cre-

claruit (clareret?) patefactum. Charta autem eorum, quam Papae detulerunt,
fuit de idiomate ignoto ad notius translata .... Suspicabatur autem a multis
per quaedam argumentorum indicia, quod in charta continebatur propositum
et consilium Tartarorum fuisse, movere bellum in proximo contra Battacium,
generum Frederici, Graecum schismaticum et Romanae curiae inobedientem.
Quod domino Papae non credebatur displicuisse; dedit enim iis vestes pre-
tiosissimas .... et libenter confabulabatur ac favorabiliter et crebro per inter-
pretes cum eisdem, et munera contulit in auro et argento clanculo pretiosa.
Die genaue Beschreibung der Geschenke, die nun folgt, zeigt, dafs M. Paris
hier gut unterrichtet ist. Die damals herrschende Ansicht hat alle Wahrschein-
lichkeit für sich.

[1]) Frid. II. vita ex historia Neapolitana Pandulfi Collenutii, in der lateinischen Uebersetzung von S. Schard vor Petri de Vineis epp. ed. Isel. Basil.
1740. 8. S. 38: Als Friedrich sich 1848 rüstete, Parma wiederzuerobern, in
die secundo Paschae maximam vim pecuniae a Caloioanne Battazio, genero
suo, accepit.

[2]) Höfler, Friedrich II. S. 276.

[3]) Muratori rer. Ital. scriptt. IX. S. 775. e.

mona geführt. Und Besagtes fand Donnerstag, den 18. August,
Statt, woher jener Tag in Parma später la mala zobia (dia-
lectisch für giovedì) genannt wurde.« Dasselbe Datum bezeugen
der monachus Patavinus in der Chronik und das Memoriale
potest. Regiens. Nach ihnen zogen die Parmesanen mit ihrem
Bannerwagen dem vom Markgrafen Humbert Pelavicino, dermali-
gem Podesta von Cremona, geführten Feinde, obgleich er an
Zahl überlegen war, entgegen und lieferten ihm bei Agrola ein
blutiges Treffen. Mitten in der Schlacht hätten die vertriebenen
Parmesanen angefangen, zu rufen: In die Stadt, in die Stadt!
Da hätten die Städter schnell den Kampf abgebrochen und seien
zurückgeeilt, um den Kaiserlichen zuvorzukommen, auf der
Brücke aber sei das Gedränge dadurch so grofs geworden, dafs
sie brach, und nicht nur die darauf Befindlichen, sondern auch
die in dichten Schaaren Nachfolgenden, von den Cremonensern
gedrängt, ertranken. 3000 Mann zu Fufs und ein grofser Theil
der Reiterei seien abgeschnitten und mit dem Blancard im Triumph
nach Cremona geführt worden.

Hier ist nur die Zahl der Gefangenen übertrieben. Dagegen schreibt Matthaeus Paris[1]) hier offenbar ohne genauere
Kenntnifs. Er erzählt, durch längere Waffenruhe in Sicherheit
gewiegt, seien an diesem Tage viele Vornehme aus der Stadt
gegangen, aber sie seien von den Kaiserlichen, die im Hinterhalt
lagen, abgeschnitten und gefangen genommen worden. »Die Kaiserlichen«, sagt er, »betraten die Stadt, und sobald sie durch
die ersten Posten an den Thoren gedrungen waren, ... erhob
das Volk, das in der Stadt geblieben, ein furchtbares Geschrei
und setzte ihnen eilig Ketten, Stangen und Balken in den Stra-
fsen als Riegel entgegen. Aufserdem rollten sie auch leere
Fässer über das Pflaster, welche einen entsetzlichen Lärm ver-

---

[1]) S. 682 ed. Wats.

ursachten und so die Pferde scheu machten und verjagten.
Nachdem sie jedoch die Gefangennehmung ihrer Mitbürger,
welche die Hauptleute und Vornehmsten der ganzen Stadt waren, erfahren hatten, baten sie demüthig um Frieden, und viele
gingen hinaus und huldigten Friedrich unter Erlegung einer nicht
unbedeutenden Summe ... Als aber die Bolognesen dies hör-
ten, schickten sie Gesandte an Friedrich in Person und ersuch-
ten mit demüthigen Bitten um Frieden; Friedrich aber seinerseits schob es noch auf, ihnen Gehör zu geben.«

Diesen Sieg des Pallavicino bei Parma behandelt unser
zweiter Brief, und in der That durfte Vatatzes den Bericht
erwarten, da er Friedrich mit Hülfstruppen unterstützt hatte.
Der Brief nennt, wie oben bemerkt, ebenfalls den 18. August
in der 8. Indiction als den Tag der Schlacht, zählt aufser den
Ertrunkenen 2000 Todte bei den Parmesanen und in runder
Summe 1200 Gefangene, was ich bereits bemerkt habe, und bezeichnet als Mitkämpfer Truppen aus Cremona, Pavia, Bergamo,
Lodi, die verbannten Parmesanen und Deutsche, als Führer den
bekannten und einflufsreichen Anhänger des Kaisers, den Markgrafen Humbert Pallavicino. Wohl noch nicht bekannt ist die
Uebergabe der Festung Cingulum in der Mark Ancona am
20. August, wo sich der mächtige Cardinal Peter Caboche befand, an den Grafen Walter von Monopoli. Dem Cardinal,
heifst es, sei es nur durch Verkleidung gelungen, zu entwischen.
Neu ist ferner die Nachricht, dafs sich in Folge des Sieges das
Herzogthum Parma und die Romagna ergab. Von Bologna
spricht Matthaeus Paris, wie wir gesehen. Er fügte hinzu,
dafs der Kaiser der Stadt noch nicht den Frieden bewilligen
wollte. Wahrscheinlich wollte Friedrich die Gefangennehmung
seines Sohnes Enzio rächen, für welchen die Bolognesen früher
das Lösegeld ausgeschlagen hatten. Aber vor Ausübung der
Rache starb Friedrich, und Enzio sah die Freiheit nicht wieder.

Auch die Wegnahme 16 genuesischer Schiffe bei Savona am 1. September finde ich sonst nicht erwähnt.

Aus dem dritten Briefe ergiebt sich, daſs der Pabst Mönche in das Reich von Nicaea geschickt hatte, um mit den dortigen Prälaten zu unterhandeln, — ohne Zweifel wieder über den Rücktritt zur römischen Kirche, — und daſs Vatatzes im Begriff stand, seinerseits eine Gesandtschaft an den Pabst abzufertigen. Friedrich verlangt, diese solle sich mit ihm in Einverständnifs setzen, bevor sie mit dem Pabste verhandle, und sendet Schiffe ab, um sie nach Brindisi überzusetzen. Er wünscht, daſs man die päbstlichen Bevollmächtigten so lange zurückhalte. Interessant sind die Herzensergiefsungen des Kaisers gegen Pabst und Geistlichkeit. Wenn er unter Anderem im dritten und vierten Briefe behauptet, Innocens habe, um Aufruhr anzuzetteln, wiederholt geschworen, er, der Kaiser, sei gestorben, so ist zwar sonst bezeugt, daſs Mönche im Auftrage des Pabstes 1246 die neapolitanischen Städte aufwiegelten und daſs dazu das Gerücht vom Tode des Kaisers ausgesprengt wurde[1]); doch scheint es besonders nach dem vierten Briefe, als habe der Pabst 1250 eine solche Behauptung aufgestellt. Jedenfalls wird sie wohl nur auf der Aussage der Verschwörer oder aufwiegelnder Mönche beruhen oder auch ganz in das Reich der boshaften Erfindungen zu verweisen sein, wie sie damals der Parteihafs so zahlreich erzeugte.

Der kurze letzte Brief endlich bestätigt von Neuem die Unterwerfung der Romagna, deren Truppen bereits an einer Unternehmung gegen die Festung Fermo in der Mark Ancona Theil nahmen. Die Uebergabe dieser Festung, wo sich eine päbstliche Besatzung befand, wird nur hier erwähnt. Hier

---

[1]) (v. Funke) Geschichte Kaiser Friedrichs des Zweiten. Züllichau und Freystadt 1792. 8. S. 115. Brief Friedrichs bei Matth. Par. S. 622.

deutet Friedrich auch König Konrads entschiedenes Uebergewicht in Deutschland an.

Es fragt sich nun noch, an wen der erste Brief gerichtet ist, welcher für die von Vatatzes zu sendenden Hülfstruppen um freien Durchzug bis Durazzo bittet. Die Ueberschrift ist in der Handschrift abgeschnitten und nur noch der Anfang »an den Herrn« erkennbar. Doch unterliegt es keinem Zweifel, dafs Michael II. Angelus Comnenus Ducas, Despotes von Epirus, gemeint sei. Um dies zu beweisen, gebe ich einen kurzen Abrifs der Geschichte dieses Despotats [1]).

Dasselbe wurde, wie das nicenische Reich, in Folge der Eroberung Konstantinopels durch die Kreuzfahrer bald nach 1204 gestiftet [2]). Der natürliche Sohn des Sebastokrators Constantin Angelus, der Neffe der Kaiser Isaac II und Alexius IV, Michael, welcher sich, wie alle Mitglieder seiner Familie [3]), Angelus Comnenus Ducas nannte, hielt sich zuerst in Asien auf, ging von da nach Griechenland, heirathete eine reiche Albanesin und machte sich zum Herrn von Aetolien, Acarnanien, Alt- und Neuepirus, Lepanto, Arta, Jannina [4]), dann theils durch Krieg, theils auf gütlichem Wege von einem Theile von Macedonien und Thessalien; und wenn er auch Theodor dem I. Lascaris huldigte und von ihm den Titel Despotes annahm, welchen die byzantinischen Kaiser früher Prinzen, besonders den Kronprinzen, verliehen hatten, so regierte er doch in der That unabhängig,

---

[1]) Ich folge hiebei Finlay history of Greece from its conquest by the crusaders to its conquest by the Turcs, and of the empire of Trebisond. Edinburgh and London 1851. S. 141 ff. G. v. Hahn, Albanesische Studien. Jena 1854. S. 312 ff. Georg. Acropolita recogn. Bekker. Bonn 1836. Cap. 8—79.

[2]) Niceph. Greg. Buch 1. Cap. 2. Theil 1. S. 13. 19 Schopen.

[3]) Finlay S. 144.

[4]) Georg. Acrop. Cap. 8. Villehardoin 114. Chron. Alberti Monachi II. S. 441. Leibnitz.

und benutzte seine Macht zum Widerstande gegen die Lateiner[1]). Im Jahre 1214 wurde er von seinem Diener Rhomaios getödtet[2]). Sein Bruder Theodor hatte früher am Hofe von Nicaea gelebt. Er hatte dem Theodor Laskaris huldigen müssen, als Michael ihn zum Mitregenten berief[3]). Als nunmehriger alleiniger Herrscher eroberte er den übrigen Theil von Thessalien, Ochrida, Prilapo, Elbassan, auch Durazzo[4]), welches kurz zuvor die Venetianer besetzt hatten. Er war es, welcher 1217 Peter von Courtenai überfiel und dessen Heer gefangen nahm[5]). Gegen eine Wiedereroberung Durazzos sicherte er sich dadurch, dafs er dem Pabste vorspiegelte, er wolle sich ihm unterwerfen. Der Pabst verhinderte in Folge dessen die Venetianer an Fortsetzung des Krieges[4]). So hatte Theodor Zeit, Salonik und fast das ganze noch übrige Macedonien zu unterwerfen[5]). In Salonik liefs er sich zum Kaiser salben[5]), eroberte 1224 noch Adrianopel, und sann schon auf einen Angriff auf Konstantinopel, als er vom Kral von Bulgarien Asan bekriegt und bei Klokotinitza geschlagen und gefangen genommen wird[6]). Asan behandelte ihn zuerst mit grofser Schonung; als er ihn jedoch auf einer Verschwörung ertappt, läfst er ihn blenden, nimmt Adrianopel und Elbassan[7]), und verheert Macedonien, Thessalien und Neuepirus.

---

[1]) Acrop. 8 ('Ο βασιλεὺς 'Αλέξιος) ἁλίσκεται, πρὸς τὸν πρωτεξάδελφον αὐτοῦ Μιχαὴλ τὰς κινήσεις ποιούμενος. ῏Ην γὰρ οὗτος τότε μέρους τινὸς τῆς παλαιᾶς 'Ηπείρου κρατήσας, καὶ πολλὰ τοῖς πρὸς τὰ ἐκεῖσε μέρη ἀφιγμένοις 'Ιταλοῖς παρέχων πράγματα. Καὶ ἦν οὗτος δυναστεύων τῆς τοιαύτης χώρας· 'Ιαννίνων γὰρ ἦρχε καὶ ῎Αρτης καὶ μίχρι Ναυπάκτου.

[2]) Acrop. Cap. 14.

[3]) Acrop. Cap. 14.

[4]) Honorius III. Brief 881. Buch 2.

[5]) Acrop. Cap. 21 und 23 zu Ende.

[6]) Acrop. Cap. 25. .

[7]) Acrop. Cap. 26.

Asans Schwiegersohn war Manuel, der Bruder des geblendeten Theodor. Demungeachtet hatte er am Kriege gegen den Schwiegervater Theil genommen, doch glücklicher als sein Bruder, entkam er aus der Schlacht bei Klokotinitza nach Salonik [1]), und nahm dort den Kaisertitel an. Aber die Liebe spielt ihm einen unerwarteten Streich. Die jüngste Tochter des gefangenen Theodor, Irene, war zu einer schönen, hochgestalteten Jungfrau herangereift. In sie verliebt sich Asan, vermählt sich mit ihr und giebt nun dem Schwiegervater die Freiheit wieder [2]), welche dieser dazu benutzt, sich heimlich in Salonik aufzuhalten und Anhänger zu gewinnen. So gelingt es ihm, den Manuel zu vertreiben und sich wieder zum Despotes aufzuschwingen [3]). Als er jedoch seinen Sohn Johannes zum Kaiser krönen liefs, fand er einen Gegner an Johann Vatatzes. Mit dessen Hülfe kehrt Manuel nach Thessalien zurück, und verbindet sich dort mit dem dritten Bruder Konstantin. Schon hatte Theodor von Neuem seine ganze Macht eingebüfst, als es seiner Schlauheit gelang, seine Brüder in einer Zusammenkunft für einen Bund mit ihm und den Lateinern gegen Vatatzes zu gewinnen. Aber Vatatzes kommt dem Verrath zuvor, erobert 1234 Salonik, und zwingt den Johannes, dem Kaisertitel zu entsagen und den Titel Despotes anzunehmen [4]).

Als solcher regiert Johannes fromm und tugendhaft bis 1244. Ihm folgt sein ihm sehr unähnlicher Bruder Demetrius, welcher einen wüsten Lebenswandel führte [5]). Es bildet sich deshalb eine Verschwörung gegen ihn. Die Verschworenen setzen sich mit Vatatzes in Verbindung, und dieser nimmt Ende 1246 Demetrius gefangen, und verleibt Salonik dem Reiche von Nicaea ein [6]). Denn auch Manuel war bereits gestorben [7]).

---

[1]) Acrop. Cap. 26.   [2]) Acrop. Cap. 38.
[2]) Acrop. Cap. 40.   [4]) Acrop. Cap. 42.
[5]) Acrop. Cap. 45 f.   [6]) Acrop. Cap. 39.

Die Herrschaft Michaels I. gewann allmälig sein natürlicher
Sohn Michael II. wieder, der sich auch in den Besitz von
Ochrida, Pelagonia und Prilapo setzte. Vatatzes erkannte ihn
als Despotes an, und verlobte sogar seine Enkelin Maria mit
dessen Sohn Nicephorus '). Aber noch lebte der alte Theodor,
noch hatte er auch seinen unruhigen Geist behalten. Er hatte
sich mittler Weile zum unabhängigen Herrn von Vodena,
Ostrowo und Staridola gemacht'); jetzt beredet er den Michael,
sich gegen Vatatzes aufzulehnen. Der Kampf mifslang. Michael
wird geschlagen, und mufs den Frieden 1254 mit Prilapo, Va-
lesus und Kroja und mit der Auslieferung Theodors erkaufen').
Erst nach Vatatzes Tode, 1257, wurde die Vermählung des
Nicephorus mit Maria vollzogen, nachdem Vatatzes Sohn, Theodor II. Laskaris, verrätherisch die Gemahlin und den Sohn
Michaels in seine Gewalt gebracht und dem Despotes für deren
Befreiung Servia und Durazzo abgedrungen hatte').

Dieser Michael besafs also das Land, durch welches das
Heer des Vatatzes gehen mufste, um nach Durazzo zu gelangen.
Auch diese Stadt besafs er noch im Jahre 1250. Er war es
auch, dessen Tochter Helene Manfred nach dem Tode seiner
ersten Gemahlin Beatrix von Antiochien heirathete').

Wenn wir im Vorigen angedeutet haben, mit welchen An-
gaben unsere Briefe die Geschichte bereichern, so bleibt nur
noch die Form zu besprechen übrig. Das Griechische stimmt

') Acrop. Cap. 49. Niceph. Greg. 2, 8, 1; 3, 2, 5.
') Acrop. Cap. 46 zu Ende.
') Acrop. Cap. 49.
') Acrop. Cap. 63. Niceph. Greg. 3, 2, 5.
') Acrop. Cap. 76. S. 168 Bekker; Cap. 79. S. 174 und 175. Niceph.
Greg. 3, 5. S. 71 Schopen. — Nach den bei v. Raumer IV. S. 424 angeführten
Quellen kam Helene 1259 nach Italien, 17 Jahre alt. Doch da Georg. Acrop.
so spricht, als hätte die Verbindung schon 1255 bestanden, so ist wohl auch
hier eine frühere Verlobung anzunehmen.

2 *

mit der Sprache der damaligen Byzantiner überein und steht dem Altgriechischen näher, als dem Neugriechischen. Nur lateinische Ausdrücke sind häufig aufgenommen, nicht anders als in den Urkunden und Schriftstellern der Zeit. So ῥήξ, κομμεντάρια, ἐτρακταΐσαμεν = tractavimus, φοσσάτον Heer, σιγνοφόροι, περτικαφόροι (?), βιπεννιφόροι (?). Die Titel mußten natürlich beibehalten werden, wie ἡ αἰθριότης ἡμῶν, nostra serenitas, δούξ Herzog, τὸ δουκάτον, μαρκεσάνος, κόντος. Aus dem Französischen ist φρέριοι Hospitalitermönche, aus dem Italienischen καβαλλάριοι Ritter abgeleitet. Alle diese Ausdrücke, bis auf die mit Fragezeichen versehenen, sind sonst bezeugt. Als neue Formen hebe ich hervor ἀναμεταξύ, προςεπί; nur poetisch ist sonst ἐκθεόθεν; παπαδικός häufig (ingressus Papaticum, die päbstliche Würde, charta a. 1014 tom. 4. Ann. Bened. p. 699; das ð bietet der Plural παπάδες und viele abgeleitete Wörter bei Ducange unter Παπᾶς), παιγνίδιος (in der Handschrift steht gegen die Bildungsgesetze παιγνόδιος), συνοίκεσις, Gemeinschaft; αὐτοσχέδιον als Adverb; μεγαλότερος, wie im Neugriechischen; ἐκατελάβετο, wahrscheinlich ein Impf. pass. von einem καταλάβω; ὑπεσχέθησαν für ὑπέσχοντο von ὑπισχνέομαι. In neuer Bedeutung steht δυςπορία für Verlegenheit, ἐπίρροια für Einfluß, wie im Neugriechischen; εὔλογος schön zu sagen, πρότερον nächstens (s. oben); κρούειν πόλεμον finde ich sonst nicht; προεστάναι mit dem Accusativ ist vielleicht verdorben, ebenso Παιδρύτου von einem Namen Παιδρύτης, wofür ich Παιδαρίτου vermuthe. Es kann sein, daß sich Einiges davon noch sonst findet; denn Lexika und Grammatiken reichen für das mittelalterliche Griechisch nicht aus. Einiges theilte mir aus dem Neugriechischen Herr Theodosios Benizelos aus Athen gütigst mit. Für Hülfe bei Auflösung schwieriger Abkürzungen und bei Verbesserung des Textes spreche ich schließlich meinem Freunde, Dr. August Nauck, hier meinen Dank aus.

In den Anmerkungen werde ich die Lesarten der Handschrift, wenn ich davon abweiche, genau angeben; stillschweigend habe ich nur die grofsen Buchstaben gesetzt, während die Handschrift nur Minuskeln hat, ferner die Jota subscripta hinzugefügt, welche dort fast immer fortgelassen sind, die Präposition von dem regierten Worte getrennt, die dort meist zu einem Worte verbunden werden, endlich die Interpunction vielfältig geändert. Die Handschrift hat nur Punkte und zuweilen Kommata, doch willkürlich. Ich bezeichne dieselbe der Kürze wegen mit L., d. h. codex Laurentianus.

ERSTER BRIEF.

Τῷ κυρίῳ [1]) . . . .

Τὴν εἰλικρινεστάτην ἀγάπην σου διὰ τῶν παρόντων εἰδέναι βουλόμεθα, ὅτι εἰς τέλειον τῶν ἀντικειμένων ἡμῖν ἀφανισμὸν καὶ συντριβὴν ὁλοτελῆ τῶν παπαδικῇ κακογνωμίᾳ [2]) ἀνθισταμένων ἡμῖν, ἵνα ἡ αἰθριότης ἡμῶν τῶν πολεμικῶν πόνων ἄνεσιν λάβοι [3]), καὶ τὸ ὑπήκοον ἅπαν αὐτῆς ἐν εἰρήνῃ διάγοιτο, συχνὴν χεῖρα ὁπλιτῶν πανταχόθεν οὐ μόνον ἐκ τῶν ὑπηκόων ἐπαρχιῶν καὶ πόλεων τῆς βασιλείας ἡμῶν, ἀλλὰ καὶ ἀπὸ τῶν ἀγαπώντων τὸ ἡμέτερον ὄνομα φίλων καὶ συγγενῶν ἐκ διαφόρων ἐθνῶν κατὰ τὸ ἐλευσόμενον πρότερον [4]) ἔαρ συναθροῖσαι ᾑρετισάμεθα [5])· οὐχ ὡς τῶν ἡμετέρων δυνάμεων ἔν τε πλήθει καὶ δυνάμει στρατιωτῶν καὶ πεζῶν πρὸς τελείαν τῶν ἐχθρῶν ἡμῶν συντριβὴν ἑτέρων ἐπικουρίας δεουσῶν, οὐδ᾽ ὡς τῶν θησαυρῶν ἡμῶν μείωσιν ἐχόντων τοῦ μὴ ἀφθόνως ἐποχετεύειν τῷ στρατοπέδῳ ἡμῶν τὰ χρήσιμα, ἀλλ᾽ ἵνα μάθωσιν οἱ ἀντίθετοι, πηλίκην [6]) ἡ βασιλεία ἡμῶν κέκτη-

---

[1]) Die Ueberschrift ist abgeschnitten, nur τω ist erhalten (das τ in Kreuzesform) und von κυρίῳ die unteren Enden der Buchstaben. Ich ergänze: Τῷ κυρίῳ Μιχαήλ (indeclinabel bei den Byzantinern), τῷ Ἀγγέλῳ Κομνηνῷ Δούκᾳ, τῷ ἐπιφανεστάτῳ Ἠπειρωτῶν δεσπότῃ. Warum, habe ich in der Einleitung auseinandergesetzt.

[2]) L. κακογνωμίῃ in Abkürzung, und ἀντισταμένων.

ERSTER BRIEF.

An den Herrn (Michael Angelos Komnenos Dukas, den erlauchten Despotes von Epirus.)

Deiner aufrichtigen Liebe wollen Wir durch Gegenwärtiges zu wissen thun, dafs Wir Uns bewogen gefunden haben, zur völligen Vertilgung Unserer Widersacher und zur gänzlichen Aufreibung der sich durch Päbstliches Uebelwollen gegen Uns Erhebenden eine bedeutende Mannschaft von Schwerbewaffneten von allen Seiten, nicht nur aus den untergebenen Provinzen und Städten Unserer Kaiserlichen Majestät, sondern auch von den Unseren Namen liebenden Freunden und Verwandten aus verschiedenen Völkerschaften zu nächstbevorstehendem Frühjahr zu versammeln, damit Unsere Hoheit von den Kriegsmühen Erholung schöpfen könne und ihre sämmtlichen Unterthanen in Frieden leben mögen; nicht als ob Unsere Macht an Menge und Kraft von Rittern und Knappen zur vollständigen Aufreibung Unserer Feinde der Hülfe von Anderen bedürfte, und nicht als ob Unsere Schätze Verminderung erlitten hätten, so dafs sie Unserem Heere nicht reichlich den Bedarf zuführen könnten, sondern damit die Gegner erkennen, eine wie grofse Macht

---

¹) L. λάβῃ.

⁴) πρότερον ist von der Zukunft sonst nicht nachweisbar; hier wohl aus circa ver proxime venturum übertragen, wie ich in der Einleitung bemerkt.

³) So Nauck für ἠρετησάμεθα.

⁶) L. πηλίκην.

ται δύναμιν, ου μόνον από του τεταγμένου λαου¹) αυτης,
αλλά και από των άλλοθι δεσποζόντων²) και κελευόντων
γνησίων φίλων και συγγενων ημων. Ημεις γάρ ου μόνον
διεκδικειν³) τὸ ημέτερον δίκαιον εφιέμεθα, αλλά και [τὸ]⁴)
των γειτνιαζόντων φίλων ημων και αγαπητων, ους η εν
Χριστω καθαρα και ειλικρινης αγάπη συνηψεν εις εν, και
κατ' εξαίρετον τους Γραικούς, συγγενεις⁵) και φίλους ημων,
περι ων ο λεγόμενος αρτι πάπας, δι' ην εχομεν σχέσιν και
αγάπην μετ' αυτων, χριστιανικωτάτων⁶) οντων και ευσεβέ-
στατα πρὸς την του Χριστου πίστιν διακειμένων, την ακό-
λαστον αυτου γλωσσαν εκίνησε καθ' ημων, ασεβεστάτους τους
ευσεβεστάτους Γραικούς, και αιρετικους τους ορθοδοξοτάτους⁷)
καλων. Πρὸς γουν την⁸) τοιαύτην ημων προθυμοτάτην επι-
χείρησιν και ο περιπόθητος γαμβρὸς ημων, ο βασιλευς Ιωάν-
νης, ευδιάθετον αγάπην, ην πρὸς ημας εχει, αδιασπάστως⁹)
ενδειξαι βουλόμενος, χειρα τινα των υπ' αυτου τοξοτων και
οπλιτων πρὸς ημας αποστέλλει. Και επει δια της χώρας
σου οι αποσταλέντες πρὸς ημας ανθρωποι μέλλουσι διελθειν,
παρακαλουμεν την καθαραν αγάπην σου, ην αθόλωτον και
απαρασάλευτον διαφυλάττειν αει βουλόμεθα, ινα παραχω-
ρήσης αυτους δια της χώρας σου σώους, ανενοχλήτους και

---

¹) L. λάου.
²) L. δεσποξόντων.
³) L. διεκδικαν, worüber ich in der Einleitung gesprochen. Διεκδικέω,
Verstärkung von εκδικέω, defendo, Ducange.
⁴) τὸ fehlt in L.
⁵) Verwandte wegen der Ehe des Vatatzes mit Friedrichs Tochter Anna,
s. die Einleitung.
⁶) L. χριστιανιτωτάτων.
⁷) L. ορθοδοξωτάτους.
⁸) τὰν ausgeschrieben. — Friedrich könnte auf die Bannbulle des Pabstes
bei dem Concil zu Lyon 1245 (bei Raynald annales eccles. II. No. 44. S. 330)

Unsere Kaiserliche Majestät besitzt, nicht nur von ihrem untergebenen Volke, sondern auch von Unseren anderwärts herrschenden
und befehlenden ächten Freunden und Verwandten. Denn Wir
bestreben Uns nicht nur, Unser Recht durchzusetzen, sondern
auch das Unserer lieben und werthen Nachbaren, welche die
reine und aufrichtige Liebe in Christo in Eins verbunden hat,
und vorzüglich die Griechen, Unsere Verwandten und Freunde,
über welche der eben genannte Pabst wegen Unseres Verhält-
nisses und Unserer Liebe zu ihnen seine zügellose Stimme
gegen Uns erhoben hat, obwohl sie die besten Christen sind,
und sich auf das frömmste zum Glauben Christi stellen, —
indem er die höchst gottesfürchtigen Griechen höchst gottlos und
die höchst rechtgläubigen ketzerisch nannte. Zu diesem Unserem
wohlwollenden Unternehmen also sendet auch Unser sehr theurer
Schwiegersohn, der Kaiser Johannes, eine Mannschaft seiner
Bogenschützen und Schwerbewaffneten an Uns ab, indem er
die wohlgesinnte Liebe, welche er zu Uns hegt, ungetheilt zei-
gen will. Und da die Uns gesandten Leute durch Dein Land
ziehen wollen, so fordern Wir Deine lautere Liebe, welche
Wir immer ungetrübt und unerschütterlich zu bewahren wün-
schen, dazu auf, zu gestatten, dafs sie durch Dein Land wohl-
behalten, unbelästigt und ungefährdet bis Durazzo durchmar-

---

deuten: Innocentius episcopus, servus servorum dei .... illis, qui damnabiliter
vilipendentes et contemnentes Apostolicam sedem ab universitate ecclesiae disces-
serunt, procurans affinitate ac amicitia copulari: ..:. et Battacio, dei et ecclesiae inimico, a communione fidelium per excommunicationis sententiam cum
adjutoribus, consiliatoribus et fautoribus suis solemniter separato, filiam suam
tradidit in uxorem .... Man sollte freilich eher an einen neueren päbstlichen
Brief denken, in welchem die Griechen impiissimi und haeretici genannt wären.
Einen solchen setzt auch der letzte Brief voraus, doch ist keiner der Art
bekannt.

*) L. ἀδιασπάρως, doch gleicht das Zeichen für σι in unserer Handschrift
öfters dem ρ.

ἀζημίους διελθεῖν ἄχρι τοῦ Δυρραχίου, δοὺς αὐτοῖς βουλὴν
καὶ βοήθειαν διὰ τὴν ἡμετέραν ἀγάπην, τοῦ διασωθῆναι
αὐτοὺς διὰ τάχους. Ἰδοὺ γὰρ ξύλα ἱκανὰ ἀποστέλλομεν
πρὸς τὸ Δυρράχιον διὰ τὸ περᾶσαι¹) αὐτοὺς πρὸς τὸ Βρεν-
δίσιον.

ZWEITER BRIEF.

Φρεδερῖκος θεοῦ χάριτι Ῥωμαίων βασιλεὺς ἀειαύ-
γουστος, Ἱεροσολύμων καὶ Σικελίας ῥὴξ Ἰωάννῃ,
τῷ ἐπιφανεστάτῳ Γραικῶν βασιλεῖ, τῷ Δούκᾳ,
περιποθήτῳ γαμβρῷ αὐτοῦ²).

Χαῖρε εἰς Χριστόν.

Μετὰ καθαρᾶς ἀγάπης καὶ εἰλικρινοῦς διαθέσεως³),
ὥσπερ ἐκ διαδοχῆς ἐκ τῆς⁴) τοῦ κυρίου δεξιᾶς τὰς εὐεργε-
σίας λαμβάνομεν, καὶ τὸ τῆς βασιλείας κράτος ἡμῶν τῇ παν-
τοκρατορικῇ δυνάμει αὐτοῦ φιλευσπλάγχνως καθ᾽ ἑκάστην
ὑπερυψοῦται, οὕτω καὶ τῇ γνησίᾳ ἀγάπῃ τῆς βασιλείας σου

---

¹) L. περᾶσαι wie am Ende des dritten Briefes.
²) Friedrichs Titel sind so bezeugt, wie sie hier stehen. So stand auf
seinem Wappen an einem den 18. Februar 1229 erlassenen Schreiben nach
Matth. Paris S. 357: Fridericus Dei gratia Romanorum Imperator et semper
Augustus, Rex Siciliae. König von Jerusalem nannte er sich seit 1225, wo
er Jolanthe heirathete, mit welcher er sich im März 1223 verlobt hatte. Sie
war die Tochter des Grafen Johann von Brienne und der Königin von Jerusalem Maria, der Tochter des Markgrafen Konrad von Tyrus. Johann von
Brienne vermählte sich in zweiter Ehe 1224 mit Berengaria, der Tochter des
Königs von Castilien. Friedrich fürchtete nun, Johann würde, auf spanischen

schiren, und ihnen aus Liebe zu Uns Rath und Beistand dazu
zu gewähren, dafs sie alsbald glücklich an den Ort ihrer Be-
stimmung gelangen. Denn siehe, Wir senden eine hinlängliche
Anzahl von Schiffen nach Durazzo ab, um sie nach Brindisi
überzusetzen.

ZWEITER BRIEF.

Friedrich, von Gottes Gnaden stets erhabener Kaiser
der Römer, König von Jerusalem und Sicilien, an
den Durchlauchtigsten Kaiser der Griechen, Johannes
Ducas, seinen sehr theuren Schwiegersohn.

Sei gegrüfst auf Christum.

Mit reiner Liebe und lauterer Gesinnung geruhen Wir mit
Vergnügen, wie Wir hinter einander von der Rechten des
Herrn die Wohlthaten empfangen, und die Macht Unserer Kaiserl.
Majestät durch seine allmächtige Gewalt täglich gnädiglich hoch
erhöht wird, so auch der ächten Liebe Deiner Kaiserl. Majestät

Schutz vertrauend, Jerusalem selbst regieren wollen; er liefs daher 1225 schnell
das Königreich für sich feierlich in Besitz nehmen. (Muratori hist. Ital. und
Boehmer Regesta zu den Jahren 1223—25.) Seitdem führte er stets den
Titel König von Jerusalem. — Ueber Johann Vatatzes Ducas, den Gatten von
Friedrichs Tochter Anna Lancia, s. die Einleitung. In der Handschrift gehört
χαῖρε εἰς Χριστὸν noch zur Ueberschrift. Wäre dies richtig, so würde man
χαίρειν erwarten. Auch ἐν Χριστῷ ist das Gewöhnlichere.

²) διάθεσις Gesinnung, heifst im Mittelalter oft geradezu Liebe. S. Ducange.

⁴) L. in Abkürzung ἐκτις für ἐκ τῆς. Nachher τῆς für τὰς.

συνεχεστέροις γράμμασι καὶ μηνυταῖς ¹) τὸ τῆς βασιλείας
ἡμῶν εὐτύχημα καὶ τὸ κατὰ τῶν ἐχϑρῶν αὐτῆς τρόπαιον
νυνὶ ²) ϑεόϑεν ἀπροςδοκήτως τετελεσιουργούμενον ³) γνωρίσαι
προϑύμως αἱρούμεϑα. Ἄρτι γὰρ Οὐμβέρτου τοῦ εὐγενοῦς
μαρκεσίου Παλαβιτζίνου ⁴), πιστοῦ ἡμῶν, ὄντινα κεφαλὴν ἐπὶ
τοῦ εὐτυχεστάτου φοσσάτου ⁵) ἡμῶν καὶ τοῦ περιφήμου κάστρου ἡμῶν Κρεμόνας ⁶) καὶ τῶν πέριξ χώρων ⁷) κατεστήσαμεν,
ἐξ ὁρισμῶν τῆς ἡμῶν αἰϑριότητος συχνὴν χεῖρα στρατιωτῶν καὶ πεζῶν ⁸) συναϑροίσαντος καὶ πρὸς ἐπικουρίαν αὐτοῦ

¹) Μηνυτής heifst auch bei den Byzantinern nur Bote, Anzeiger. Sollte
das hier gemeint sein, so würde διὰ μηνυτῶν stehen. Offenbar liegt hier ein
Mifsverständnifs des Uebersetzers zu Grunde, welcher nuntiis fand. Nuntius
heifst aber Bote und Nachricht.

²) L. ναυὶ.

³) L. τελεσιουργούμενον. Doch steht zwischen λ und ε das Zeichen der
Wiederholung, welches einer 6 gleicht, aber ein β ist und δίς bedeutet, wie
in Inschriften β und δίς öfters statt der Wiederholung von Namen im Genetiv
steht. Dasselbe Zeichen kommt weiter unten bei ἐβαίου für ἐβεβαίου wieder
vor; an unserer Stelle ist' es nur irrthümlich nach dem λ statt davor gesetzt.

⁴) L. παλιτζιτζίνου. Der Markgraf Humbert nannte sich ursprünglich Pelavicino, und so wird der Name z. B. in der Parmenser Chronik bei Muratori
rer. Ital. scriptt. IX. S. 762. D. zum Jahre 1188 geschrieben: D. Pelavicinus
Marchio de Pelavicinis de Episcopatu Placentiae fuit Potestas Parmae; in der
Chronik von Piacenza ebenda XVI. zum Jahre 1236: Placentini Imperatori
fuerunt rebelles. Et ipse Potestas .. bannivit .. D. Obertum Pelavicinum et
certos de populo, quia tenebant cum Imperatore contra ecclesiam. Doch früh
kommt der Name schon anders vor; so im Chron. Parm. zum Jahre 1243:
D. Uberti Palavicini; zu 1308 (S. 869 E.) heifst die Familie de Paravicinis.
Jetzt nennt sie sich Pallavicino. Ich mochte daher das deutliche α in der
Handschrift nicht entfernen. Für das Jahr 1250 hatte Cremona den Markgrafen zum Podesta gewählt, um sich mit seiner Hülfe an den Parmesanen zu
rächen, welche ihnen 1248 bei Vittoria den Bannerwagen genommen hatten.
Der Kaiser hatte dem Markgrafen im Mai 1249, wie Affo storia di Parma III. 384
nach Urkunden im Archive der Marchesen Pallavicini berichtet, viele namentlich
aufgeführte Burgen und Ortschaften in den Gebieten von Volterra, Cremona,
Parma und Piacenza erblich verliehen. Im October 1250, also in Folge des
Sieges bei Parma, befreit er ihn, seine Erben und Nachkommen und seine

durch fortlaufendere Briefe und Anzeigen das Wohlergehen Unserer Kaiserlichen Majestät und den so eben unerwartet von Gott vollbrachten Triumph über ihre Feinde zu wissen zu thun. Nachdem nämlich vor Kurzem der hochgeborene Markgraf Palavicino, Unser Getreuer, welchen Wir zum Oberhaupt über Unser hochbeglücktes Kriegesheer und Unsere hochberühmte Festung Cremona und die umliegenden Ortschaften bestellt haben, aus dem Gebiete Unserer Hoheit eine bedeutende Mannschaft von Rittern und Knappen gesammelt und zu seinem Bei-

---

Untergebenen »wegen seiner Kriegsthaten« von allen Real- und Personallasten. (Affo S. 387 nach Urkunden.)

') φοσσάτον, auch φωσάτον geschrieben, ist aus dem lateinischen fossatum übertragen, welches einen mit Gräben umzogenen Raum und demnächst das Lager bezeichnet, das immer durch Gräben befestigt war. So gebraucht es Ps. Callisthenes II. 42: ὁ Ἀλέξανδρος κελεύει τὸ φοσάτον ἐκεῖσε παγῆναι, καὶ κύκλῳ τῆς φάλαγγος παμμέγεθες ὄρυγμα γενέσθαι. Ebenso Ge. Cedrenus I. 678. 5 Bekker: λαβὼν τοὺς ἵππους τῶν πολιτῶν καὶ ἐξοπλίσας λαὸν ἦλθεν εἰς Χίτου κώμην, καὶ ποιήσας φοσάτον, ὅσους ἐκράτησεν ἐξ αὐτῶν ἀπέκτεινεν. 729. 7: ὡς εἶδον (τὴν βασίλειαν) τὴν τοῦ φοσσάτου περιοχὴν ἐξελθοῦσαν ... 731. 12: τῆς νυκτὸς λαβόντες οἱ Πέρσαι τὸ φοσσάτον αὐτῶν, ἠπλήκευσαν (schlugen sie das Lager auf; das Erste ist ein Nom. abs.) εἰς πόδας ὄρους τραχεινοῦ ἔμφοβοι. In der Bonner Ausgabe wird es öfters unrichtig theils mit fossa, theils mit vallum übersetzt. — Vom Lager nun wird es auf ein stehendes Landheer übertragen, wie denn auch im Neugriechischen φουσάτο das Heer heißt. So Codinus de offic. Cap. 4. S. 25. Z. 15 u. 17 Bekker: τοῦ κριτοῦ τοῦ φωσσάτου, des Generalauditeurs. Cap. 5. S. 28. 12: Ὁ μέγας Δούξ, ὡς ὁ μέγας Δομέστικος εὑρίσκεται εἰς τὸ φωσσάτων ἅπαν (die Gesammtheit der Heere) κεφαλή, οὕτω καὶ κατὰ θάλατταν οὗτος, und so fortwährend. Das Richtige haben schon Ducange im Lexicon und Fabroti im Glossar bei Nicetas Choniates ed. Bekker S. 927. Ihre Belegstellen habe ich hier übergangen.

') L. hat hier κρεμόν, und o über ν, d. h. ος. Weiter unten ausgeschrieben κρεμόνας.

') L. χωρῶν.

') Die πεζοί werden in unsern Briefen, wie bei den Byzantinern und in lateinischen Quellen des Mittelalters immer als Infanterie von den Rittern unterschieden, welche im Folgenden ὁπλῖται, und gleich unten καβαλλάριοι heißen.

τινὰς τῶν πιστῶν ἡμῶν τῆς Ἰταλίας συγκαλεσαμένου, τουτέστι στρατιὰν οὐκ ὀλίγην τῶν ἀνδρικωτάτων καβαλλαρίων [1]) τῆς Παπίας [2]), τῶν καρτερικωτάτων Περγαμηνῶν, τῶν εὐτόλμων τῆς Λαούδης, τῶν θαρσικωτάτων Ἀλαμάνων, τῶν εὐπροθύμων τῆς Πάρμης, τῶν ὅσοι ἐκτὸς τοῦ κάστρου αὐτοῦ ἐν τῇ πίστει τῆς βασιλείας [3]) [ἡμῶν παρέμειναν, ... οἱ διώκοντες, εἰ μὴ οἵ] ἐντὸς τῆς Πάρμης τὰς γεφύρας κατέκοψαν, τάχα ἂν ὁμοῦ ἐντὸς τοῦ κάστρου Πάρμης διέφροντο. Τὸν ἐπινίκιον οὖν οἱ ἡμέτεροι ᾄσαντες αἶνον, καὶ τὸ ἀνακλητικὸν σαλπίσαντες [4]), ὥσπερ εἴθιστο, καὶ πρὸς τὰς πύλας αὐτὰς τῆς Πάρμας [5]) τὰς τένδας [6]) σιήσαντες, οὐκ ἀναχωρήσειν ἀπὸ τοῦ παρακαθισμοῦ ταύτης [7]) χωρὶς ὁρισμοῦ [8]) ὑπεσχέθησαν [9]) ἄχρι τοῦ, οὗ πυρὶ [10]) καὶ σιδήρῳ παντελῶς ἀφανίσωσιν [11]), ἢ βίᾳ αὐτὴν ἑλκύσωσι πρὸς τὸν ἡμέτερον ὁρισμόν, ὡς αἰχμαλώτους καὶ τεθνηκότας τοὺς ταύτης οἰκήτορας ἔχοντες.

Ταῦτα μὲν ἐγένοντο [12]) ἐν τῇ ιῇ τοῦ παρελθόντος αὐγούστου, ἰνδικτίωνι ἠ. Κατὰ δὲ τὴν εἰκοστὴν ἡμέραν τοῦ αὐτοῦ μηνὸς ὁ κόνιος Γαλτέριος [13]) δὲ Μουνύπολι [14]), πιστὸς καὶ οἰκεῖος ἡμῶν, ὅς ἐστι κεφαλὴ τοῦ φοσσάτου

---

[1]) καβαιλαρίων. Καβαλλάριος, eques, Ducange. Es bezeichnet nicht gewöhnliche Reiter, sondern deutet zugleich gute Familie an. Possin zu Pachymeres I. S. 570 der Bonner Ausgabe und Fabroti a. a. O. S. 909.

[2]) Die Städte Pavia, Bergamo, Lodi werden in den lateinischen Quellen stehend Papia, Bergamum und Laude genannt.

[3]) Hier ist eine Lücke, obgleich sie in der Handschrift nicht angegeben ist. Es fehlt die Ergänzung des Zwischensatzes, das Hauptverbum, das Subject und die Bedingungspartikel zum Folgenden, und dazwischen die ganze Schilderung des Kampfes bis zum Abbrechen der Brücke. Die Erzählung läfst sich zum Theil aus den in der Einleitung angegebenen Quellen ergänzen.

[4]) Ueber die Form σαλπίσαι Lobeck zum Phrynichus S. 191. Es wurde zum Rückzug geblasen, doch die Truppen rückten von selbst wieder bis zu den Thoren vor.

stand einige Unserer Getreuen Italiens zusammenberufen, das
heifst ein nicht geringes Heer von den sehr muthigen Panzer-
reitern von Pavia, von den sehr starken Bergamasken, von den
Kühnen Lodis, den sehr tapferen Deutschen, den Wohlgeneigten
aus Parma, denen, so viele aufserhalb eben der Festung in
Treue zu [Unserer] Kaiserlichen Majestät [verharrten ... und
die Verfolgenden, wenn nicht die] innerhalb Parmas die Brücke
abgebrochen hätten, wären beinah in die Festung Parma mit
hineingedrungen. Nachdem nun die Unsrigen den Siegeslob-
gesang angestimmt und zum Rückzuge geblasen hatten, wie es
Sitte war, schlugen sie die Zelte unmittelbar an den Thoren
von Parma auf, und versprachen ohne Kommando, von dessen
Belagerung nicht abzustehen, bis sie es mit Feuer und Schwert
gänzlich vernichtet, oder mit den Waffen wieder unter Unsere
Botmäfsigkeit gebracht und dessen Bewohner gefangen oder
getödtet hätten.

Dies nun trug sich am 18. des verflossenen Augusts in
der achten Indiction zu. Am 20. desselben Monats aber unter-
unternahm der Graf Walter von Monopoli, Unser Getreuer und
Verwandter, welcher der General Unseres Heeres in der Mark

---

⁵) Sonst steht in dem Briefe als Gen. immer *Πάρμης*. Doch oben haben
wir schon *Κρεμόνας* gefunden.

⁶) *τένδα*, italienisch tenda; tentorium, Fabroti a. a. O. S. 926 und Ducange.

⁷) d. h. *Πάρμης*.

⁸) Befehl; s. Ducange unter *ὁρίζειν*.

⁹) für *ὑπέσχοντο*.

¹⁰) L. am Ende der Linie, ganz abgerieben, *οὖπ* oder *ἦπ* und dann *ρ* oder
ε oder *υ*. Wahrscheinlich stand ursprünglich da *οὖ πυρὶ*.

¹¹) Parma ist als Object zu ergänzen.

¹²) Ueber das Datum s. die Einleitung.

¹³) So ist griechisch Gualterus ausgedrückt.

¹⁴) L. *μουνατολέ*, über der letzten Sylbe *λε*. Es ist hier von einem Verwandten des Kaisers die Rede. Nun hatte Graf Walter von Brienne, der

ἡμῶν ἐν τῇ μάρκᾳ [1]), παρακαθίσας κάστρον, λεγόμενον Κίγ
γουλον [2]), ἐν ᾧ ὁ καρδινάλιος Πέτρος Κάποτζος [3]) ἦν, καὶ
κρούσας πόλεμον [4]) τὸ κάστρον αὐτὸ παρέλαβε. Διὰ νυκτὸς
δὲ ὁ καρδινάλιος, δίκην ῥακενδύτου [5]) πτωχοῦ τὰς χεῖρας
αὐτῶν ἐξέφυγεν. Καὶ δὴ ὅλη ἡ μάρκα, τὸ δουκάτον [6]) καὶ ἡ
Ῥωμανιόλα εἰς ὁρισμὸν τῆς βασιλείας ἡμῶν ἐστράφησαν. Κατὰ
δὲ τὴν ἡμέραν ταύτην, ᾗ οἳ [7]) ἡμῶν καρτεροῦσιν, ὥρισεν ἡ
αἰθριότης ἡμῶν πάντας αὐτοὺς εἰς ἀφανισμὸν τῆς Πάρμης
ἀπελθεῖν, ὥστε τὴν ἀγέρωχον αὐτῶν ὀφρὺν [8]) καὶ τὸ τῆς
γνώμης αὐτῶν αὔθαδες εἰς τέλος καταβαλεῖν. Καὶ δὴ τῶν
ῥηθέντων πιστῶν ἡμῶν τὸν Τάραν [9]) διαπερασάντων ποταμὸν,

Bruder Johanns, des Königs von Jerusalem und nachherigen Kaisers von Konstantinopel, durch seine Gemahlin, welche die Tochter des berühmten Tancred
war, 1200 das Fürstenthum Tarent geerbt, und war damit für sich und seine
Nachkommen belehnt worden. (Muratori, Geschichte Italiens, zum Jahre 1200
S. 366 der deutschen Uebersetzung.) Er hatte 1205 Tarent und die naheliegende Stadt Monopoli erobert (s. ebendaselbst). Das Fürstenthum Tarent
mit dem Lande von Itrontum (d. h. Hydruntum, Otranto) verlieh Friedrich
später dennoch einem Andern, und zwar dem römischen Grafen Frajapane
(Frangipane), nahm es aber auch dieser Familie wieder ab, wahrscheinlich bei
Ottos Tode, indem die anderen Frajapani zur päbstlichen Partei gehörten.
Innocens IV. spricht von Lyon aus dem Erben den Besitz wieder zu. Regesta
pont. No. 562 bei Höfler, Friedrich II. S. 394: Nobili viro Henrico Frajapane
... cum tibi C(onstantia) Rom(anorum) Imperatrix et Regina Sicilie una cum
F(rederico) quond(am) Imp(erator)e O(ttoni) Frajap(ane) avunculo, cujus te
successorem asseris, suisque successoribus principatum Tarenti cum tota terra
Itronti duxerit concedendum ... et idem F(redericus) praedi(ctu)s principatu et
terra te, ut dicitur, spoliavit, Nos ... restituimus ... Dat. Lugd. Cal. Jun.
Friedrich II. dagegen vermachte es in seinem Testamente an seinen Sohn Manfred. Ich denke, er hatte es diesem bereits verliehen, seit er es den Frangepani
entzogen hatte. Auf des Pabstes Entscheidung nahm er natürlich keine Rücksicht. Nun wurde dem oben erwähnten Walter von Brienne nach seinem
1205 erfolgten Tode ein Sohn geboren, welcher nach ihm Walter genannt
wurde (Muratori S. 382). Dieser war mit Friedrich II. insofern verwandt, als
sein Oheim Johann, König von Jerusalem, Friedrichs Schwiegervater war. Den
Titel Fürst von Tarent konnte er nicht führen, da er anderweitig vergeben
war; dagegen scheint dem nachgebornen Sohne Monopoli verblieben zu sein.

ist und die Cingolo genannte Festung belagerte, in welcher sich
der Kardinal Peter Capoccio befand, einen Sturm und nahm
diese Festung. In der Nacht aber entwischte der Kardinal, als
zerlumpter Bettler verkleidet, ihren Händen. Und so wurde die
ganze Mark, das Herzogthum und die Romagna der Botmäfsigkeit Unserer Kaiserlichen Majestät unterworfen. An dem Tage
aber, an welchem die Unsrigen siegen, befahl Unsere Hoheit,
dafs sie alle zur Vernichtung Parmas abgehen sollten, um deren
stolzen Hochmuth und die Anmaafslichkeit ihrer Gesinnung völlig
zu Boden zu strecken. Und nachdem auch Unsere genannten
Getreuen den Flufs Taro überschritten hatten und nun ihre

Der Name wird verschieden geschrieben. In Friedrichs Regesten von 1240
(hinter den Constitutiones utriusque Siciliae. Neapel 1786. Folio) S. 305 wird
der Segnoricius de Monopulo beauftragt, Geiseln von Padua bei sich in Ver-
wahrsam zu halten. Ebenso steht 358 monasterie S. Stephani de Monopulo.
Dagegen sagt Nic. de Jamsilla bei Muratori rer. Ital. scriptt. VIII. S. 536. b:
Comes Gualterius de Manupello. Ich wollte daher im Text nicht mehr ändern,
als nöthig schien.

¹) Wo Mark allein steht, ist die von Ancona gemeint. S. Meursius zum
Briefe des Cardinals Bessarion. Leyden 1613. kl. 8. S. 273.

²) L. *xίνγγουλον*, doch zwischen *ν* und *γ* über der Linie steht eine Art
Acutus; vielleicht ein Tilgungszeichen für *ν*. Spruner im historischen Atlas
giebt auf der Karte von Nord-Italien zur Zeit Friedrichs des Zweiten die Stadt
Cingulum neben der Quelle des Flusses Muso in der Mark Ancona an.

³) Dieser bekannte Feind des Kaisers, Innocens rechte Hand, wird Peter
Caboche, Capoccio, Capucius genannt.

⁴) Classisch *κρούειν ὅπλα*, an die Waffen schlagen. Danach hier übertragen
κρούειν πόλεμον, den Kampf so beginnen, dafs die Soldaten handgemein werden.

⁵) *ῥακένδυτος* geben die alten Glossographen. Daneben ist noch ein Sub-
stantivum *ῥακένδυτης* vorhanden. Constantin. Oikonomos *Σιωνίτης προς-
κυνητής* (Athen 1850. 8.) S. 114: *Παχώμιος μοναχὸς τὸ ἐπώνυμον καὶ 'Ρα-
κένδύτης, ὡς ὀνομάζουσι πολλάκις ἑαυτοὺς οἱ μοναχοί.* — Vorher hat L. *δικήν*.

⁶) nämlich das Herzogthum Parma.

⁷) *οἱ*, vielleicht *οἱ πιστοί*, fehlt in L.

⁸) Uebertragen wie supercilium. L. *ὁσφρῦν* und *αὐθάδις*.

⁹) Der alte Name *Τάρας* verlangt als Acc. eigentlich *Τάραντα*. Vielleicht
ist aber *Τάρον* zu schreiben.

καὶ πλησίον τῆς Πάρμης τὰς σκηνὰς αὐτῶν στῆσαι βουλο-
μένων, οἱ ἀναιδεῖς καὶ ὑψαύχενες Παρμεσάνοι τῷ τῆς ἀπι-
στίας καὶ ὑπερηφανίας αὐτῶν ἀνέμῳ ὁρμῇ τε ἀτάκτῳ φερό-
μενοι, τὴν ἅρμαξαν αὐτὴν, ἣν Ἰταλικῶς καρρότζιον¹) καλοῦσι,
πανστρατεὶ²) τῆς Πάρμης ἐξέβαλον, καὶ κατὰ τοῦ εὐτυχεστάτου
φοσσάτου³) ἡμῶν θηριωδῶς τε καὶ κακοδαιμόνως ὥρμησαν.
Οἱ γοῦν ἡμέτεροι πιστοὶ, ἐν δυνάμει Χριστοῦ τοῦ θεοῦ ἡμῶν,
τοῦ τὴν ἡμετέραν διέποντος⁴) βασιλείαν, κινούμενοι, καθι-
δρυμένοι δὲ τῷ διαπύρῳ ζήλῳ τῆς πίστεως ἡμῶν, βασιλικῶς
τε καὶ στρατιωτικῶς τὰς φάλαγγας καὶ λοχαγωγοὺς⁵) δια-
τάξαντες, προθυμίαν δὲ λαβόντες ἐξ ὕψους, ὡς ὑπὲρ τοῦ
δικαίου καὶ πιστῶν τῆς βασιλείας ἡμῶν κατὰ τῶν ἀδίκων
καὶ ἀπίστων ἦν ὁ πόλεμος, ἄραντες τὰ τροπαιοφόρα καὶ
εὐτυχῆ σκῆπτρα τῆς βασιλείας ἡμῶν καὶ τὸν τοῦ ὀνόματος
ἡμῶν εὐφημισμὸν⁶) ἀλαλάξαντες, κατὰ τῶν ἀπίστων οἱ
πιστοὶ εὐτάκτως καὶ μεγαλοψύχως ἐφέροντο. Ἀγχίμαχοι δὲ
γεγονότες⁷) καὶ ἐπὶ πολλαῖς ταῖς ὥραις ἀνδρικώτατα καὶ
καρτερικώτατα πολεμοῦντες, φέρειν μὴ σθένοντες οἱ ἀντίπα-
λοι τὰς βαρείας⁸) ἐμφέσεις καὶ πολεμικὰς τῶν γενναίων στρατιωτῶν ἡμῶν παλάμας, τάς τε θανασίμους τρώσεις καὶ τὰς
περικρότους⁹) πληγάς, πρὸς φυγὴν οἱ δείλαιοι ἐτράπησαν.
Τὸ δὲ καρρότζιον αὐτῶν τῆς ἀνάγκης κατεπειγούσης ῥάσαντες,

---

¹) Ein Bannerwagen hiefs italienisch carroccio. Auf die Eroberung eines
solchen wurde im Mittelalter der höchste Werth gelegt; die Chronisten ver-
zeichnen sorgfältig, wo dieselbe gelungen. Wurde dieser Wagen mitgeführt,
so kämpften die Kerntruppen, und es war nicht nur ein leichtes Gefecht, sondern eine Schlacht. Die Chronik von Parma 1248 bei Muratori rer. Ital. scriptt.
IX. S. 774. c. meldet: carrocium Cremonensium ... per Parmenses habitum fuit
et ductum et gubernatum in Baptisterio Parmae.

²) L. πανστρατὶ

³) L. φοσάτου

Zelte nahe bei Parma aufschlagen wollten, führten die frechen
und trotzigen Parmesanen, von dem wüsten Sturm und Drange
ihrer Untreue und ihres Hochmuthes fortgerissen, den Wagen
selbst, welchen man italienisch Carroccio nennt, mit dem ganzen
Heere aus Parma heraus, und stürmten gegen Unser hochbeglücktes Heer wie wilde Thiere und böse Geister an. Unsere Getreuen
indessen, welche sich in der Gewalt Christi, der über Unserer Kaiserlichen Majestät waltet, bewegten, und gestählt waren durch
den Feuereifer der Treue gegen Uns, ordneten majestätisch und
ritterlich die Phalangen und Knappenzugführer, und indem sie
Muth von droben empfingen, da der Krieg für das Recht und die
Getreuen Unserer Kaiserlichen Majestät stattfand wider die Unge-
rechten und Treulosen, erhoben sie das siegbringende und glück-
liche Scepter Unserer Kaiserlichen Majestät, und indem sie, den
Hochklang Unseres Namens als Kriegsruf erschallen liefsen, dran-
gen Unsere Getreuen wohlgeordnet und hochherzig gegen die Treulosen vor. Als sie nun handgemein geworden waren und viele
Stunden hindurch sehr männlich und tapfer kämpften, vermochten
die Feinde gegen die gewichtigen Angriffe und kriegerischen Hände
Unserer edelen Ritter und die tödtlichen Verwundungen und die
weit umher rasselnden Streiche nicht Stand zu halten, und er-
griffen die Flucht, die Unseeligen. Ihren Bannerwagen liefsen
sie im Drange der Noth im Stich, und jeder war für seine

---

⁴) διέπειν in der Bedeutung leiten, über etwas walten, findet sich sehr
häufig bei den Byzantinern, und ist noch jetzt im Gebrauch.

⁵) λοχαγωγός für λοχαγός ist im Pariser Stephanus aus Pind. Nem. arg. 4
und African. Cest. belegt.

⁶) εὐφημισμός = εὐφημία, glücklicher Zufall, findet sich schon bei Herodian.

⁷) Ein Nominativus absolutus, wie er bei den späteren Byzantinern nicht
selten ist. Nachher sind die Feinde Subject.

⁸) L. βαρεῖς.

⁹) πέρι κώτους, doch ist das ω von ungewöhnlicher Form, und vielleicht
eine Verbindung von ϱ und ο.

τὴν ἑαυτοῦ ἕκαστος σωτηρίαν ἐπολυπραγμονεῖτο καὶ εὐτυχίαν τὴν ἀειφυγίαν ¹) ἐνόμιζε. Κἀντεῦθεν τίς ἂν ἐξαγγέλλοι²) τὴν τῶν σφαγιασθέντων αὐτόθι Παρμεσάνων πληθὺν, τὸν τῶν πληττομένων καὶ πατουμένων ἀριθμὸν καὶ τὴν³) τῶν μελη- δὸν κατακοπέντων ὑπὸ τῶν Κρεμονισίων ποσότητα⁴) διὰ τὸ μανικῶς αὐτοὺς διακεῖσθαι κατ᾽ αὐτῶν; Ὅσοι δὲ εὑρέθησαν ἐν τῷ κάμπῳ⁵) τῶν σφαγιασθέντων καὶ ἀριθμεῖσθαι δυνα- μένων, χωρὶς τῶν ἐν τῷ ποταμῷ πνιγέντων ὑπῆρχον χιλιάδες δύο καὶ ἐπέκεινα. (Ὅσους)⁶) δὲ τῶν μεγαλοτέρων⁷) αὐτῶν καὶ τῆς κάτω τύχης ἐζώγρησαν, τῇ ἡμετέρᾳ παρέδωκαν φυ- λακῇ, οἳ τὸν ἀριθμόν εἰσι χίλιοι καὶ διακόσιοι. Καὶ ἐν μείονι, ἢ ταῦτα⁸) ἐγράφοντο, οἱ ἀποκρισιάριοι⁹) τῶν ἐναπομεινάντων λειψάνων τοῦ Δουκάτου ¹⁰) καὶ Ῥωμανιόλης πρὸς τοὺς πόδας ἡμῶν παρεγένοντο, αἰτοῦντες συμπάθειαν καὶ τὴν χάριν ἡμῶν. Κατὰ δὲ τὴν πρώτην τοῦ παρόντος σεπτεμβρίου δώδεκα ἡμέτερα κάτεργα ¹¹), ἃ πρὸς τὴν Σαόνα ἀπεστεί- λαμεν εἰς φύλαξιν αὐτῆς, ἐν οἷς ¹²) Πέτρος τῆς Δείριος ¹³) τῆς Γαέτας, ὁ ἡμέτερος πιστός, δεκαὲξ πλοῖα Γένουβι- σίων τῶν ἀπίστων ἡμῶν ἐπίασαν ¹⁴), καὶ τοὺς ἐν αὐτοῖς ἡ ἡμετέρα κατέχει φυλακή. Ταῦτα πάντα τῇ γνησίᾳ ἀγάπῃ

---

¹) Hiernach wären die Parmesanen nicht nach der Stadt zu, sondern nach anderen Richtungen geflohen.

²) L. ἐξαγγείλοι.

³) L. τὸν für τὴν, wenn ich hier richtig abgeschrieben habe.

⁴) ποσο, dahinter über der Linie ττ, und hierüber weiter rechts eine runde Linie, also eigentlich ποσοτητων. Der Fehler in der Endung war wohl aus dem vorangehenden Genetiv entstanden.

⁵) Diese Aufnahme des lateinischen campus ins Griechische belegt Ducange. Das Wort ist noch jetzt in Griechenland in Gebrauch.

⁶) ὅσους fehlt in L. Auch das Zeichen für δὲ ist fast verlöscht.

⁷) Ein später Comparativ, der noch jetzt im Neugriechischen vorhan-

eigene Rettung besorgt und hielt für ein Glück das Scheiden vom Vaterlande auf immer. Und wer möchte von da an verkünden die Menge der dort niedergemetzelten Parmesanen, die Zahl der Verwundeten und Zertretenen und die Summe der von den Cremonensern in ihrem Rasen gegen jene in Stücke Gehauenen? So viele aber an Hingeschlachteten und solchen, die man zählen konnte, auf dem Felde gefunden wurden, ohne die im Flusse Erstickten, betrugen 2000 und darüber. So viele sie aber an Vornehmeren unter ihnen und Leuten geringeren Standes gefangen nahmen, übergaben sie Unserem Gewahrsam, welche 1200 an Zahl sind. Und in kürzerer Zeit, als dieses niedergeschrieben wurde, kamen die Gesandten der noch übrig gebliebenen Reste des Herzogthums und der Romagna, warfen sich uns zu Füfsen, und flehten Unser Mitleiden und Unsere Gnade an. Am ersten des laufenden Septembers aber griffen zwölf Schiffe von Uns, welche wir nach Savona zu dessen Bewachung abgesandt hatten, auf welchen Unser Getreuer, Peter vom Gariglano im Gebiet von Gaeta, war, sechzehn Fahrzeuge Unserer ungetreuen Genuesen auf, und ihre Bemannung befindet sich in Unserem Gewahrsam. Dies alles thun Wir der ächten Liebe Deiner Kaiserlichen Majestät zur Freude kund. Wenn Uns aber

---

den ist. *Μεγαλώτατος* führt Lob. zu Phryn. S. 93 aus Diacon. zu Hesiod. S. 209 an.

⁸) L. *καὶ εἰ μὴ ὅτι οἱ ταῦτα.*

⁹) legati Ducange.

¹⁰) Wo Herzogthum allein steht, ist das Herzogthum Parma gemeint.

¹¹) *κάτεργον,* triremis, navis, Ducange, Fabroti a. a. O. S. 911.

¹²) *αἱς.*

¹³) L. *λερίος.* Bei dem Worte ist eine Falte im Pergament, die wahrscheinlich den Accent verdeckt. Der Flufs *Λεῖρις, ιος,* der jetzige Gariglano, ergiefst sich bekanntlich in den Meerbusen von Gaeta. Da er jedoch sonst männlich ist, so möchte vielleicht an ein gleichnamiges Dorf zu denken sein, das ich freilich nicht nachweisen kann.

¹⁴) *πιάνω,* Fut. *πιάσω,* capio, Ducange. Es ist noch im Gebrauch.

τῆς βασιλείας σου γνωρίζομεν εἰς χαράν. Ἐφεπομένης δὲ
τῆς τοῦ θεοῦ βοηθείας [1]), χαριέστερα τῇ βασιλείᾳ σου γρά-
ψομεν, ἐνηδομένῃ [2]) τοῖς ἡμῶν κατορθώμασιν.

DRITTER BRIEF.

Φρεδερίκος θεοῦ χάριτι καὶ τὰ ἑξῆς Ἰωάννῃ τῷ ἐπιφανεστάτῳ Γραικῶν βασιλεῖ καὶ τὰ ἑξῆς.

Τὰς ἀποκομισθείσας γραφὰς τῇ ἡμῶν αἰθριότητι ἐκ
μέρους τῆς βασιλείας σου μετὰ τοῦ Παιδρύτου [3]) παιδοπού-
λου [4]) αὐτῆς μετὰ πολλῆς εὐθυμίας ἐδεξάμεθα. Θυμήρη γὰρ
ἐν αὐτῇ [5]) περιείχετο καὶ τῇ ἡμετέρᾳ αἰθριότητι λίαν ἐπι-
τερπῆ περὶ τῆς τῶν σῶν ὑγειῶν [6]) καὶ εὐοδώσεων [7]) καὶ περὶ
τῶν, ὅσα περὶ τῆς νήσου Ῥόδου μετ᾽ εὐτυχίας πρὸς τὸ παρὸν
ἐτελέσθησαν [8]). Καὶ ἡμεῖς ἀμοιβαίοις κομμενταρίοις [9]) τῇ κα-

---

[1] L. βοηθίας.
[2] L. ἐνιδομένη.
[3] L. παιδρυ, und τ über υ. Doch von diesem υ fehlt die zweite Hälfte.
Ein Name Paidrytes kommt nicht vor und ist falsch gebildet. Daher vermuthe
ich Παιδαρίτου, einen aus Thucydides 8. 33 bekannten Namen.
[4] L. παιδοπου und λλ über υ. Παιδόπουλος, famulus, Ducange.
[5] Der Singular, als ginge die ebenfalls gebräuchliche Form γραφὴν vorher. Doch vielleicht ist αὐταῖς zu schreiben.
[6] L. ὑγειῶς. Der Pluralis majestaticus war bei diesem Worte von Kaisern
Regel. Pachymeres Band I. S. 224. 17. Bekker: περὶ τῶν βασιλικῶν ὑγειῶν
μαθησόμενος. II. 154. 5: ἐρωτᾶν, ὅπως ἔχοι τῶν ὑγειῶν ὁ νέος βασιλεύς.
[7] Ebenfalls plur. maj., wie Leo Diaconus S. 20. A: ταῖς τοῦ κρείττονος
εὐοδώσεσιν. Successus nach Stephanus in der Pariser Ausg., wie noch im
Neugriechischen. — Classisch ist wenigstens εὐοδόω.
[8] Nach Acropolita Cap. 47. S. 91 Bekker überwinterte Vatatzes bei
Nymphaeum, nahm dann bald nach Eintritt des Frühlings die Städte Tzurulus

der göttliche Beistand weiter folgt, werden Wir es Deiner Kaiserlichen Majestät schreiben, welche über Unser Gelingen Vergnügen empfindet.

DRITTER BRIEF.

Friedrich, von Gottes Gnaden u. s. w. an Johannes, den durchlauchtigsten Kaiser der Griechen u. s. w.

Das Unserer Hoheit von Seiten Deiner Kaiserlichen Majestät durch dero Diëner Paedrytes (?) überbrachte Schreiben haben Wir mit vielem Vergnügen empfangen. Denn Herzerfreuendes und Unserer Hoheit sehr Angenehmes war darin über Deine Gesundheit enthalten und über das, was alles in Betreff der Insel Rhodus mit Glück gegenwärtig vollbracht worden ist. Auch Wir thun mit erwidernder Denkschrift der lauteren Liebe Deiner

und Bizya und stellte sich (nach Cap. 48) darauf den Lateinern bei Nicomedia entgegen. Bei seinem Heere befand sich der Statthalter von Rhodus, Johannes Gabalas, dessen Abwesenheit die Genuesen benutzten, und sich durch einen nächtlichen Ueberfall der Hauptstadt jener Insel bemächtigten. Vergebens liefs Vatatzes die Genuesen durch Joh. Cantacuzenus belagern, denn Villehardouin führte über hundert fränkische Ritter zum Entsatz hin. Daher eilte Vatatzes nach Nymphaeum, zog ein bedeutendes Heer in Smyrna zusammen, darunter über 300 Reiter, gab dem Protosebastos Theodor Contostephanus genaue Instructionen, und dieser » schlug die Lateiner; denn die Kaiserlichen überfielen die Lateiner, als diese einen Beutezug machten und hieben alle nieder ... So fielen also die fränkischen Ritter durch den klugen Plan des Kaisers; die genuesische Infanterie aber ... schlofs einen Vergleich ab, und übergab die Stadt den Griechen = für freien Abzug. »Und so kam die Insel Rhodus wieder unter die Griechen.«

*) L. ἀμειβαίοις κάμμυ und αἵ oder ταἵ über ν. Das Wort κομεντάρια belegt Ducange.

ϑαρᾷ ἀγάπῃ τῆς βασιλείας σου μηνύομεν, ὅτι τῇ ἄνωϑεν
προμηϑίᾳ κρατυνόμενοι καὶ ὁδηγούμενοι ὑγιαίνομεν, εὐστα-
ϑοῦμεν¹), νικῶμεν τοὺς ἐχϑροὺς ἡμῶν καϑ᾽ ἑκάστην, καὶ καϑ᾽
ἡμᾶς πάντα²) κατὰ νοῦν εὐοδοῦνται καὶ διιϑύνονται. Περὶ
δὲ χρείαν²) τὴν ἐν τοῖς γράμμασι τῆς βασιλείας σου, πῶς ὁ
Πάπας ἀδελφοὺς⁴) ἐλαχίστους καὶ κήρυκας πρὸς τὴν βασιλείαν σου ἀπέστειλεν ἐπὶ τῷ διαλεχϑῆναι μετὰ τῶν Ἀρχιε-
ρέων τῆς ἐκκλησίας τῆς βασιλείας σου, ὅπερ οὐ μόνον τῇ
ἡμῶν αἰϑριότητι, ἀλλὰ καὶ τοῖς ἔτι νηπίοις τὴν γνώμην τε-
ρατῶδες δοκεῖ καὶ παράδοξον; Πῶς οὗτος ὁ λεγόμενος μέγας
Ἀρχιερεὺς ἱερέων (?)⁵), πάντων ἐνώπιον⁶) καϑ᾽ ἑκάστην τὴν
βασιλείαν σου ὀνομαστὶ καὶ πάντας τοὺς ὑπὸ σὲ Ῥωμαίους
ἀφορισμῷ⁷) καϑυποβάλλων, αἱρετικοὺς τοὺς ὀρϑοδοξοτάτους
Ῥωμαίους, ἐξ ὧν ἡ πίστις τῶν Χριστιανῶν εἰς τὰ τῆς οἰκου-
μένης ἐξῆλϑε πέρατα, ἀναισχύντως καλῶν, τοιούτους ἄνδρας
πνευματικοὺς κατ᾽ αὐτὸν πρὸς τὴν βασιλείαν σου ἀποστέλλειν
οὐκ ἠρυϑρίασε⁸); Πῶς ὁ τοῦ σχίσματος αἴτιος δολερῶς ὑπεισ-
έρχεται, ἵνα τοῖς ἀναιτίοις εἰσφέρῃ ἀντέγκλημα; Πῶς ὁ ἁγιωσύνην καϑυποκρινόμενος διὰ τοὺς ὑπηρέτας καὶ κήρυκας τοῦ
οἰκείου ϑελήματος, ἀποστάτας τῆς πίστεως καὶ σκανδαλο-
ποιοὺς τοὺς πρόσϑεν καὶ ἄνωϑεν ἀπ᾽ ἀρχῆς πλουτοῦντας τὴν
εὐσέβειαν καὶ τὴν εἰρήνην εὐαγγελιζομένους τοῖς πέρασι, τοῖς

---

¹) L. εὐστατοῦμεν, das erste τ ohne den oberen Strich.

²) L. πάν und τ zwischen Acut und α über der Linie, über ν ein Colon.
So weiter unten πέρα und darüber τ: für πέρατα.

³) L. δὲ χειαν in Abkürzungen, ohne Accente. Das ϱ fiel aus, weil ει
in dieser Handschrift fast ebenso aussieht. Dann τ und darüber ὰ, worüber
ich S. 6 gesprochen. Χρεία heißt Geschäft bei Polybius und später.

⁴) Ἀδελφός, frater, monachus Ducange. Dieselben Gesandten werden weiter unten ϙρέριοι genannt. In L. steht ἀδ, letzterer Buchstab durch zwei
Züge zu einem λ erweitert, über welchem ε steht. Ueber ε ein Circumflex

Kaiserlichen Majestät kund, dafs Wir, gestärkt und geleitet durch
himmlische Fürsorge, gesund sind, Uns in Wohlfahrt befinden,
über Unsere Feinde tagtäglich siegen und dafs bei Uns Alles
nach Wunsch glücklich gelenkt und geleitet wird. In Betreff der
Sache aber in dem Schreiben Deiner Kaiserlichen Majestät, wie
konnte der Pabst einige ganz geringe Klosterbrüder und Herolde
an Deine Kaiserliche Majestät absenden zur Unterhandlung mit
den Erzpriestern der Kirche Deiner Kaiserlichen Majestät, was
nicht nur Unserer Hoheit, sondern auch den im Sinne noch
Unmündigen wunderbar und absonderlich vorkommt? Wie er-
röthete dieser sogenannte Hohepriester der Priester (?) nicht, der
doch in Aller Gegenwart täglich Deine Kaiserliche Majestät namentlich und alle Dir untergebenen Griechen mit dem Banne
belegt, der schamlos die so rechtgläubigen Griechen, von denen
aus der Glaube der Christen bis an die Enden der Welt ging,
Ketzer nennt, solche ihm nach geistlichen Männer an Deine
Kaiserliche Majestät abzusenden? Wie kann er, der Schuld ist
an der Kirchenspaltung, trügerisch heranschleichen, um gegen
die Unschuldigen eine Gegenanklage zu erheben? Wie kann der,
welcher durch die Diener und Herolde seines selbsteigenen Wil-
lens Heiligkeit im Munde führt, die früher und von Uranfang
an an Frömmigkeit Reichen und allen Landen das Evangelium
des Friedens Verkündenden ohne Unterlafs den Lateinern unter

---

mit *ους* verbunden. Die Abkürzung löste A. Nauck, der zugleich *ὡς* für *καὶ*
vermuthet. Die Abkürzungen dieser Wörter sind ähnlich.

⁵) L. hat hier *εἰ*, nicht wie sonst oben offen, sondern wie in älteren Handschriften geschlossen; dann die Verschlingung von *ερ* und Spuren eines Buchstaben und Acuts; über dem mittelsten Zeichen die Rundung, welche *ων* bezeichnet; also *εἱερέων*. *Ἀρχιερεὺς ἱερέων* natürlich ironisch.

⁶) L. *ἐνῶ* und *π* zwischen *ω* und dem Circumflex. Im neuen Testament
und später steht *ἐνώπιον* mit dem Genetiv für: in Gegenwart, Angesichts.

⁷) *ἀφορισμός*, excommunicatio, Ducange. So noch jetzt im Neugriechischen.

⁸) L. *ἐρυθρίασι*.

42

ὑπ' αὐτὸν Λατίνοις ἀεὶ κηρύττειν οὐ παύεται¹); Πῶς τὴν
ἔμφυτον ἔκπαλαι δαιμονικῇ ἐπιρροίᾳ²) τοῖς τῆς ῾Ρώμης Ἀρ-
χιερεῦσι κατὰ τῶν ῾Ρωμαίων κακίαν, ἣν οὐκ ὀλίγοι μεγάλοι
πνευματικοὶ Ἀρχιερεῖς καὶ τοῦ Χριστοῦ θεράποντες λόγῳ
καὶ ἔργῳ καὶ διηνεκεῖ εὐχῇ τῷ μακρῷ παρελθόντι χρόνῳ
ἐκριζῶσαι³) οὐκ ἴσχυσαν⁴), — οὗτος οὖν, παντοίοις εἴδεσι
ταύτην ἀνανεώσας, παιγνιδίοις⁵) λόγοις καὶ ἁπλῶν ἀνθρώ-
πων δολεραῖς εἰσηγήσεσιν⁶) ἐν ῥοπῇ καιροῦ διορθῶσαι καθυ-
πισχνεῖται⁷); Οὐχ οὗτός ἐστιν, ὃς⁸) τὴν ἡμετέραν αἰθριότητα
διὰ τὸ συνοικέσιον⁹), ὃ ἐγένετο μετὰ τῆς βασιλείας σου καὶ
τῆς γλυκυτάτης ἡμῶν θυγατρός, ἐννόμως τε καὶ κανονικῶς,
παραλόγῳ φερόμενος ὁρμῇ, δημοσίως ἀφώρισεν¹⁰), λέγων
ἐνώπιον¹¹) τῆς παρ' αὐτῷ συναθροισθείσης συνόδου, ὅτι μετὰ
τῆς αἱρετικῆς συνοικέσεως¹²) ἐτρακταΐσαμεν¹³); Πόθεν οὖν
οὗτοι οἱ ἡμέτεροι Ἀρχιερεῖς παρέλαβον ὅπλα φέρειν κατὰ
Χριστιανῶν¹⁴), καὶ ἀντὶ τῆς ἱερᾶς διπλοΐδος ἐνδύεσθαι θώ-
ρακα, ἀντὶ δὲ βακτηρίας ποιμαντικῆς¹⁵) λόγχας¹⁶) καὶ ἀντὶ
καλάμου τόξα φέρειν καὶ πικροφόρους¹⁷) ὀιστούς, κατὰ πάρερ-
γον τὸ σωτήριον ὅπλον τοῦ σταυροῦ κατέχοντες; Ποία σύνοδος

---

¹) S. zum ersten Briefe S. 24 Anm. 8.

²) In L. ist das erste ι verkleckst und, wie es scheint, durch ein η als
Verbesserung gezogen, das zweite ι durch das ο gezogen, dazwischen ein ϱ,
das andere ϱ mit dem Acut über der Zeile. Das Wort heifst noch im Neugriechischen Einflufs.

³) L. ἐκριζῶσαι.

⁴) Hier hat L. einen Punkt.

⁵) L. παιγνοδίοις. Es ist wohl eine Nebenform zu παίγνιος, παιγνήμων,
παιγνιήμων, παιγνικός, παιγνιώδης. Sie steht nicht bei Ducange. Mit Recht
verlangt aber A. Nauck die Bildung auf ἴδιος.

⁶) In L. fehlt ν und steht hier ein Komma.

⁷) In L. καθυποσχνεῖται, und statt des Fragezeichens in der Regel ein Punkt.

⁸) L. οὐχ οὗτος ἐστὶν, ὁ

ihm als Abtrünnige und Aergernifs Gebende bezeichnen? Wie kann die von Alters her durch dämonischen Einflufs den Hohen-priestern Roms eingepflanzte Schlechtigkeit gegen das Griechen-thum, welche nicht wenige grofse, geistliche Hohepriester und Diener Christi durch Wort und That und fortwährendes Gebet in der langen verflossenen Zeit nicht auszurotten vermochten, wie kann dieser also, welcher dieselbe in mannichfachen Formen erneuert, sie mit kindischen Worten und trügerischen Vorschlägen einfältiger Menschen in einem Augenblicke zu beseitigen ver-sprechen? Ist er nicht der, welcher Unsere Hoheit wegen der zwischen Deiner Kaiserlichen Majestät und Unserer vielgeliebten Tochter geschlossenen Ehe förmlich und feierlich in wunder-lichem Beginnen öffentlich in Bann that, indem er vor dem bei ihm versammelten Concil sagte, dafs Wir mit der ketzerischen Gemeinschaft verhandelt haben? Woher haben es denn diese unsere Hohenpriester, dafs sie gegen Christen Waffen führen und statt des heiligen Mefsgewandes einen Panzer anlegen, statt des Hirtenstabes aber Lanzen führen und statt der Feder Bogen und Bitteres bringende Pfeile, indem sie die erlösende Waffe des Kreuzes als Nebensache betrachten? Welches ökumenische oder

---

⁹) Ehe. S. Lob. Phryn. S. 516 f. u. Ducange.

¹⁰) Häufig bei den Byzantinern und noch jetzt.

¹¹) L. hier ἐνω und über ω ein π mit einem Acut neben sich; nicht, wie vorher, mit einem Circumflex über π.

¹²) L. συνοικέσιως. Hier Gemeinschaft; classisch συνοίκησις, besonders von ehelicher Gemeinschaft. Doch das ε wird durch συνοικέσιον, κατοικεσία und das neugriechische συνοικεσία, Gemeinde, geschützt.

¹³) τρακτατζειν, Ducange.

¹⁴) In L. wie oft Punkt für Komma.

¹⁵) In L. ein Punkt.

¹⁶) Hier Komma in L.

¹⁷) πικροφόρος, qui amaros fert fructus, Methodius und Ps. Chrysostomus im Pariser Stephanus. L. δἴστοὺς und danach einen Punkt.

οἰκουμενικὴ ἢ τοπικὴ τοῦτο παρέδωκε [1]; Ποῖος σύλλογος θεο-
φόρων ἀνδρῶν ἐπεκύρωσεν ἢ ἐπεσφράγισεν [2];
Εἰ δέ τις ταῦτα φαίνεται ἀπιστῶν, ἰδέτω τοὺς ἁγίους
Καρδηναλίους [3] καὶ Ἀρχιερεῖς ἐν τῇ καθ᾽ ἡμᾶς ταύτῃ οἰκου-
μένῃ ὅπλα φέροντες στρατιωτικὰ, ἤτοι πολεμικά. Ὧν ὁ μὲν
Δούξ, ἄλλος Μαρκεσάνος, ἕτερος δὲ Κόντος, καθ᾽ ἣν ἔλαχε
στρατοπεδεύειν [4] ἐπαρχίαν, φημίζεται. Καὶ ὁ μὲν διατάτ-
τει τὰς φάλαγγας, ἄλλος λοχαγωγεῖ, ἕτερος δὲ διεγείρει τὸν
πόλεμον, στρατοπεδάρχαι [5] καὶ σιγνοφόροι [6] τινὲς [7] καὶ οἰ
βιπεννιφόροι καὶ περτικαφόροι [8]. Ἄρα πνευματικὰ ταῦτα
καὶ ἀρχιερατικὰ εἰρήνης ταῦτα σύμβολα καὶ προοίμια; Τοι-
αῦτα οἱ τοῦ Χριστοῦ μαθηταὶ διετάξαντο [9]; Τίς οὕτως
ἁπλοῦς καὶ ἀσύνετος, ὃς τὴν τοιαύτην πονηρίαν οὐκ ἐννοεῖ,
αἰσχύνης ἱερεῖς τούτους καλῶν, ἀπατεῶνας [10] καὶ ψευδοκή-
ρυκας, ἐν πνεύματι Ἡλιοῦ πυρίκαυτον [11] τὴν πλευρὰν [12]
αὐτῶν ποιούμενος, καὶ τὴν ὑδαρώδη γνώμην ταῖς στοιβασθείσαις [13] σχίδαξιν [14] ἐκτεφρούμενος; Ὢ τῆς ἀνοίας τῶν πολλῶν,

---

[1] Hier hat L. für das Fragezeichen einmal ein Komma, gleich nachher ein
Kolon, sonst immer einen Punkt.

[2] Aehnlich schreibt Peter von Vinea im ersten Briefe, unmittelbar nach
der Absetzung des Kaisers zu Lyon (Band I. S. 75 Isel): Dic, rogo, quid re-
surgens a mortuis dixit primo discipulis ille magister omnium magistrorum?
Non inquit: arma et scutum sumite, nec sagittam vel gladium, sed: pax vobis.

[3] Im vorigen Briefe an der zweiten Stelle καρδινάλιος, an der ersten
kann ein η oder ι gelesen werden. Beide Formen sind bei Ducange bezeugt.

[4] L. στρατοπαιδεύειν. Das Wort steht sonst von der Führung im Kriege;
so auch wohl hier, da die Vorsteher von Landestheilen deren natürliche Anführer waren.

[5] L. ohne Accent. Nach Ducange praefectus castrorum, magister exercitus.

[6] s. Ducange.

[7] L. τίνες.

[8] L. οἱ φιεμενοῦροι καὶ περδικατοῦροι. Letzteres bezeichnet wohl Inge-
nieurs. Belegen kann ich beide Wörter nicht.

örtliche Concil hat denn dies vorgeschrieben? Welche Versammlung gottbegeisterter Männer hat es bekräftigt und besiegelt? Wenn aber Jemand auftritt, der dies nicht glauben will, so sehe er die heiligen Kardinäle und Erzpriester auf dieser unserer Erde ritterliche, das heifst kriegerische Waffen führen! Von ihnen wird der Eine Herzog, der Andere Markgraf, noch ein Anderer Graf genannt, je nachdem er diese oder jene Provinz zu leiten bekam. Und der Eine ordnet die Phalangen, der Andere führt eine Compagnie, noch ein Anderer facht den Krieg an; Heermeister und Fahnenträger sind einige und jene Hellebardenträger (?) und Mefsruthenträger (?). Sind dies geistliche und dies hohenpriesterliche Zeichen und Vorspiele des Friedens? Haben dergleichen die Jünger Christi verordnet? Wer ist so einfältig und unverständig, der solche Schlechtigkeit nicht einsieht, indem er diese Priester der Schande nennt, Betrüger und falsche Propheten, indem er ihre Seite im Geiste des Elias versengt und den wässrigen Sinn mit den aufgehäuften Holzscheiten zu Asche ausdörrt? O über die Sinnlosigkeit der Menge, die ihnen sogleich und ohne Weiteres Heiligkeit beilegt

---

⁹) διετίξαντο.

¹⁰) L. ἀπαταιῶνας.

¹¹) L. 'Ηλιοῦ περίχαυτον.

¹²) L. πλεύραν.

¹³) L. στιβασθούσαις mit σ über ϑ.

¹⁴) L. σχίδαξιν. Es ist eine Anspielung auf Regg. 3 (Chron. 1) 18, wo Elias ('Ηλιού) berief τοὺς προφήτας τῆς αἰσχύνης (V. 19 u. 25) und ἐστοίβασε τὰς σχίδακας ἐπὶ τὸ θυσιαστήριον ... καὶ εἶπε· Λάβετέ μοι τέσσαρας ὑδρίας ὕδατος, καὶ ἐπιχέετε ... (V. 33). Καὶ ἔπεσε πῦρ παρὰ κυρίου ἐκ τοῦ οὐρανοῦ, καὶ κατέφαγε τὰ ὁλοκαυτώματα καὶ τὰς σχίδακας καὶ τὸ ὕδωρ ... (V. 38). Von da entlehnt Friedrich αἰσχύνης ἱερεῖς und στοιβασθείσαις σχίδαξιν: und wie das von Elias herabbeschworene göttliche Feuer das Opfer verbrennt und das Wasser austrocknet, so thut es der Verständige nach dem Kaiser mit den Priestern selbst und deren ὑδαρώδη γνώμῃ. Ungenau ist die Anwendung der Stelle nur insofern, als Elias die Priester nicht verbrennt, sondern im Flusse schlachtet.

οἳ αὐθωρεὶ καὶ αὐτοσχέδιον ¹) τὴν ἁγιωσύνην αὐτοῖς διαγράφουσι καὶ πλάττουσιν ²) ἁγίους αὐθήμερον ³) ὡς ὁ μῦθος τοὺς Πγαντας ⁴). Τοιοῦτοι σήμερον ποιμένες ἐν Ἰσραὴλ, καὶ τῆς ἐκκλησίας Χριστοῦ οὐκ Ἀρχιερεῖς, ἀλλὰ λύκοι ἅρπαγες, θῆρες ἄγριοι κατεσθίοντες τὸν λαὸν τοῦ Χριστοῦ ⁵). Ὦ, πόσοι ἐν Ἀλαμανίᾳ, ἐν Ἰταλίᾳ καὶ ταῖς πέριξ χώραις ἐν ταῖς ἡμέραις ταύταις ἐφάγησαν ⁶), αἰχμαλωτίσθησαν ⁷), ἐφονεύθησαν, ἐφυγαδεύθησαν συνεργούντων αὐτῶν· ὧν τὸ αἷμα ἐκ χειρὸς αὐτῶν κατὰ τὸ προφητικὸν ἐκζητήσει κύριος ⁸). Εἰς τί δὲ κατήντησεν ἡ πονηρία αὐτῶν, ἢ ὅτι ἐματαιώθησαν ἐν τῇ πανουργίᾳ ⁹) αὐτῶν; Ἐφανερώθη ἡ ἀνομία αὐτῶν, καὶ ὁ μεγάλα φυσῶν, ἐν γωνίᾳ νυνὶ (?) ¹⁰) ὑπ᾽ αἰσχύνης κρυπτόμενος, ἐλέγχεται ¹¹) παρὰ πάντων ὡς ψεύδους πατήρ. Ἐξέκλιναν πολλοὶ ἀπὸ τῆς διδαχῆς αὐτοῦ, καὶ οἱ ἄχρι τοῦ νῦν μετ᾽ αὐτοῦ, νῦν ὁρῶνταί κατ᾽ αὐτοῦ. Πόσαι γὰρ μυριάδες δι᾽ αὐτοῦ ἀπώλοντο, ὧν τὰ λείψανα πρὸ μικροῦ Αἴγυπτος ἔχει παρὰ τὰς τοῦ Νείλου ῥοάς ¹¹). Οὐκ ἀγνοεῖ καὶ τοῦτο ἡ βασιλεία σου,

---

¹) Nebenform für ἐξ αὐτοσχεδίης oder αὐτοσχεδόν.

²) L. läſst ν aus.

³) L. αὐθημεροί.

⁴) Wie der alte Aberglaube den verderbenbringenden und den Göttern feindlichen Giganten göttliche Verehrung zollte, so verehrt in gleichem Aberglauben die Menge die verderblichen und Gott feindlichen Priester als Heilige.

⁵) Die falschen Propheten führten oben auf das Wunder des Elias, hier ebenso auf die andeutende Anführung zweier Evangelienstellen, Matth. 7. 15 προςέχετε δὲ ἀπὸ τῶν ψευδοπροφητῶν, οἵτινες ἔρχονται πρὸς ὑμᾶς ἐν ἐνδύμασι προβάτων, ἔσωθεν δέ εἰσι λύκοι ἅρπαγες, und Lucas 20. 46 fg. προς- έχετε ἀπὸ τῶν γραμματέων ..., οἳ κατεσθίουσι τὰς οἰκίας τῶν χηρῶν. So sagt Peter von Vinea im ersten Briefe (Bd. I. S. 77 Isel): Ploret igitur mater ecclesia, quod pastor gregis dominici factus est lupus rapax; und Friedrich selbst ebenda S. 149 lupus rapax von einem Bischof.

⁶) Ich verstehe aufessen, d. h. arm machen. Friedrich bleibt im Bilde. Φαγήσετε Liban. III. 124. 6. Man könnte ἐσφάγησαν vermuthen, wenn das φονεύειν nicht erst nachfolgte.

und aus dem Stegreif Heilige erdichtet, wie der Mythus die Giganten! Solche Hirten sind heutzutage in Israel, und in der Kirche Christi nicht Hohepriester, sondern räuberische Wölfe, wilde Thiere, welche Christi Volk aufzehren. O, wie viele wurden in Deutschland, in Italien und den umliegenden Ländern in diesen Tagen unter ihrer Mitwirkung an den Bettelstab gebracht, gefangen genommen, getödtet, verbannt, deren Blut der Herr nach·dem Worte des Propheten von ihrer Hand wiederfordern wird! Zu was gelangte aber ihre Schlechtigkeit, als dafs sie in ihrer Erbärmlichkeit zunichte wurden? Ihre Gesetzwidrigkeit kam an den Tag, und der Aufgeblasene wird, jetzt aus Schaam sich im Winkel verbergend, von Allen als Vater des Truges angeklagt. Viele lenkten von seiner Lehre ab, und die bis jetzt mit ihm waren, werden jetzt gegen ihn erblickt. Denn wie viele Tausende sind durch ihn umgekommen, deren Ueberbleibsel seit kurzem Aegypten birgt an den Fluthen des Nils[1]). Auch das ist Deiner Kaiserlichen Majestät nicht unbekannt, wie

---

[1]) $\alpha i\chi\mu\alpha\lambda\omega\tau i\zeta\omega$ wird im Pariser Stephanus belegt. Hier ist wohl $\dot{\eta}\chi\mu\alpha\lambda$. zu schreiben.

[9]) Hesekiel 3. 18: $\dot{o}$ $\check{\alpha}\nu o\mu o\varsigma$ .. $\tau\tilde{\eta}$ $\dot{\alpha}\delta\iota\kappa i\alpha$ $\alpha\dot{v}\tau o\tilde{v}$ $\dot{\alpha}\pi o\vartheta\alpha\nu\varepsilon\tilde{\iota}\tau\alpha\iota$, $\kappa\alpha\dot{\iota}$ $\tau\dot{o}$ $\alpha\dot{\iota}\mu\alpha$ $\alpha\dot{v}\tau o\tilde{v}$ $\dot{\varepsilon}\kappa$ $\tau o\tilde{v}$ $\chi\varepsilon\iota\rho\dot{o}\varsigma$ $\sigma o\upsilon$ $\dot{\varepsilon}\kappa\zeta\eta\tau\dot{\eta}\sigma\omega$, Worte Gottes.

[9]) L. $\pi\alpha\nu\alpha\rho\gamma i\alpha$

[10]) L. $\dot{\varepsilon}\gamma\gamma\omega\nu\iota\alpha$ und dann ein Zeichen, welches wie ϑ oder $\sigma\vartheta$ aussieht, aber wohl ν mit überschriebenem α bezeichnet; endlich $\nu\iota$. Also $\dot{\varepsilon}\gamma\gamma\omega\nu\iota\alpha\nu\alpha\nu\iota$. Auch oben war $\nu\upsilon\nu i$ in $\nu\alpha\nu i$ verdorben.

[11]) L. $\dot{\varepsilon}\lambda\lambda\dot{\varepsilon}\gamma\chi\varepsilon\tau\alpha\iota$. So wird der Pabst im Beschwerdebriefe wegen der Absetzung zu Lyon, den Peter von Vinea für den Kaiser schrieb (Buch I. Cap. 1. S. 77 Isel), genannt velut amator schismatis, caput et author scandali, pater doli; ebenso in Friedrichs Schreiben über das Concil an den französischen Hof und Adel (Buch I. Cap. 21. S. 152 ebenda) author schismatis et amicus erroris.

[12]) Es ist der Kreuzzug Ludwigs IX. nach Aegypten gemeint. Nach der am 5. April 1250 verlornen Schlacht bei Mansura kam der gröfste Theil des Kreuzheeres dadurch um, dafs die Saracenen die Nildämme durchstochen hatten. Den unglücklichen Ausgang des Kreuzzuges giebt Friedrich auch im Briefe I. 15. S. 121 bei Isel dem Pabste Schuld.

πῶς μεϑ᾽ ὅρκου τὸν ἡμέτερον ἐβεβαίου ¹) ϑάνατον, ἵνα τοὺς
ἡμετέρους πιστοὺς ἀποστατήσῃ ²) τῆς πίστεως ἡμῶν· πῶς
τοὺς δούλους τῶν δούλων ³) τῆς βασιλείας ἡμῶν ἐν τῇ Ἀλαμανίᾳ δυναστικῶς τε καὶ ϑωπευτικῶς ἠνάγκασεν ἆραι πτέρνας ⁴) καϑ᾽ ἡμῶν. Ἀλλ᾽ ἕως τὰ ἱερὰ σκεύη καὶ πρόσοδοι,
ἃς ἀπὸ τῆς ἐκκλησίας ἀφεῖλεν ⁵) βιαστικῶς, ὑπούργησαν
ἐν ταῖς ἐξόδοις αὐτῶν, ὡς ἐπὶ σκηνῆς ἡγοῦντο ⁶) τὰ πράγματα, καὶ ὕφαλος ἦν ἡ πετρώδης ⁷) γνώμη αὐτῶν. Ἀφ᾽
οὗ δὲ πάντες κατηράχϑησαν ⁸), ὁ μὲν ἔνϑεν, ὁ δ᾽ ἐκεῖ-
ϑεν φυγὰς ἐγένετο, τὴν τῆς ἡμετέρας δεξιᾶς ἀπειλὴν ἐκδει-
ματούμενοι. Προςεπὶ τούτοις ⁹) τὴν ἡμετέραν οὐκ ἀποδι-
δράσκει διάνοιαν, ὃ διὰ τῶν σῶν γραμμάτων ἡμῖν ἐγνώρι-
σας, τὸ οὑτωσὶ ἔχον. Οὗτοι δὲ οἱ φρέριοι ¹⁰) ὅτε ἐξ ἀρχῆς

---

¹) L. ιβ nur einmal mit dem Zeichen der Wiederholung.

²) L. ἀποστατηση ohne Accent. Eine geflissentliche Verbreitung der falschen Nachricht fand bei der neapolitanischen Verschwörung im Jahre 1246
Statt. Darüber schreibt Friedrich in dem nämlichen Jahre bei Matthaeus Paris
S. 622 an Heinrich III. von England: Post foelicem ingressum nostrae ma-
jestatis in regnum quamplures fideles nostri regnicolae, qui ad proditorum
nostrorum falsae suggestionis instantiam per *mentitae mortis nostrae* spem
frivolam conspiratoribus factionis (schr. con-rum factioni) adhaeserunt. Die
Verschworenen fratrum Minorum stipati consortio, crucis ab eis signo recepto,
contra nos auctoritatem summi Pontificis per Apostolicas literas praetendentes,
negotium aperte se genere sacrosanctae Romanae matris ecclesiae praedicant,
ac praedictae mortis et exhaereditationis nostrae summum Pontificem sic asse-
runt incentorem. Hoc ipsum .... in spontanea et extra (schr. extrema) confes-
sione sua, quando mentiri nefarium existimant, morientes coram omnibus sunt
confessi. Dafs indefs auch im Jahre 1250 dergleichen vorgekommen sein mufs,
oder der Kaiser doch daran glaubte, habe ich in der Einleitung S. 15 bemerkt.

³) Die Unterthanen von Friedrichs Untergebenen in Deutschland. Die
dortige Wirksamkeit des Cardinals Peter Capoccio und Anderer ist bekannt.

⁴) L. πτέρνας. Das Richtige erkannte A. Nauck. Es heifst eigentlich die
Fersen oder die Hufe erheben; das Bild ist von den Pferden hergenommen.

⁵) Dafs der Pabst die kirchlichen Einkünfte gegen Friedrich verwendete
und Geld zum Kriege gegen ihn wie zu einem Kreuzzuge sammeln liefs, ist
bekannt. Doch könnte das ν ephelk., welches hier nicht am Orte ist, auch auf

er eidlich Unseren Tod versicherte, damit er Unsere Getreuen
abtrünnig mache von der Treue gegen Uns; wie er die Sklaven
der Sklaven Unserer Kaiserlichen Majestät in Deutschland durch
Befehl und Schmeichelei zwang, sich gegen Uns zu kehren.
Jedoch so lange die heiligen Geräthschaften und die Einkünfte,
welche er gewaltsam von der Kirche nahm, bei ihren Feldzügen
Dienste leisteten, führten sie die Dinge wie auf der Bühne und
war ihr klippengleicher Sinn unter dem Meere verborgen. Seit
aber alle niedergeschmettert waren, ward der eine von hier,
der andere von dorther zum Flüchtling, in Angst vor der Dro-
hung Unserer Rechten. Aufserdem entgeht Unserer Einsicht
nicht, dafs das, was Du in Deinem Schreiben zu Unserer Kenntnifs gebracht hast, sich so verhält. Diese Klosterbrüder zeigten

ἀφεῖλον führen, so dafs die deutschen Empörer Subject blieben und diese die
Kirchengüter verwandt hätten.

⁶) L. ἤτουν und ι über der Linie zwischen υ und dem Circumflex. Der
Sinn ist: so lange das Geld reichte, führten sie ein Spektakelstück auf, ohne
wirklichen Schaden zu thun, und drohten durch ihre Ränke Gefahr, wie Klip-
pen unter dem Meere.

⁷) L. πετρῶ und vom Circumflex aufwärts eine halbe Ellipse, wie es scheint
ein δ, dessen Endstrich verlängert ist, um die Abkürzung der Endung anzudeuten.

⁸) L. κατηναγάρθησαν. Das Wort κατ-αράσσω kommt sonst vor. Die
Verderbnifs läfst voraussetzen, dafs im Originale ν für ρ verschrieben und durch
Beisetzung des verschlungenen ρα, wo das α über ρ steht, verbessert war.
Der Abschreiber las αρ und schob es ein. Dafs alle zu Boden geschlagen
waren und dann einzelne vor des Kaisers Drohungen flüchteten, ist kein Wider-
spruch, wenn man es so versteht, dafs ihre Heere geschlagen waren, und aus den
Städten und Burgen die Compromittirtesten sich der Rache durch Flucht entzogen.

⁹) L. πρὸς ἐπιτούτοις. Das προςεπὶ, sonst freilich nicht bezeugt, ist gebildet wie διέκ, διεκπρό, nach der Neigung der Späteren zu Häufung der
Präpositionen. So gleich nachher ἀναμεταξύ.

¹⁰) »φρέριος frater, maxime ex ordine Minorum vel Praedicatorum ...
praeterea, ac praesertim, fratres s. milites templi vel hospitalis S. Joannis Hie-
rosolym.« Ducange. Possin zu Pachymeres in der Bonner Ausgabe S. 618
bemerkt, dafs auch französische Franciscaner und Dominicaner, und von Cantacuzenus Malteserritter so genannt wurden.

4

κατέλυον ¹) ἐνταυθί, ἄλλως ἐφαίνοντο διακεῖσθαι πρὸς τὴν
βασιλείαν σου, καὶ ἄλλως διάκεινται νῦν, δι᾽ ἃς ἤκουσαν
διαφόρους εὐλόγους ²) συντυχίας ὑπὲρ τῆς βασιλείας σου παρ᾽
ἡμῶν. Ἐκ τούτων ἡ βασιλεία σου τὴν ἐνδομυχοῦσαν αὐτοῖς
κακίαν ἐννοῆσαι δύναται, ὡς οὐ διὰ τὴν πίστιν καὶ σύμβό-
λου προςθήκην αὐτόθι ³) παρεγένοντο, ἀλλ᾽ ἵνα κατὰ τὸ εἰω-
θὸς ζιζάνια ⁴) σπείρωσι ἀναμεταξὺ ⁵) πατρὸς καὶ υἱοῦ. Ἀφ᾽
οὗ δὲ εὗρον τὴν ἀγάπην τῆς βασιλείας σου σταθηρὰν καὶ
ἀδιάσειστον καὶ τῆς πατρικῆς ἀγάπης ἀχώριστον, οὐκέτι πρόσω
χωρεῖν ἐτόλμησαν, εἰς διάλεξιν τοὺς λόγους μετατρέποντες
ἀδιόριστον, ἵν᾽ ἐν τούτῳ ἐπικαλυφθῇ ἡ κακία αὐτῶν. Ἐκ
γὰρ τῶν οὕτω παρ᾽ αὐτῶν προτεθέντων πᾶς τις συνάγειν
καὶ συμπεραίνειν δύναται, ὡς οὐκ εὐθεῖαι αἱ τρίβοι αὐτῶν⁶),
καὶ ῥυπαροὶ οἱ πόδες αὐτῶν πρὸς τὸ τοῦ εὐαγγελίου κή-
ρυγμα ⁷).

Βούλεται δὲ καὶ ἡ αἰθριότης ἡμῶν πατρικῷ τρόπῳ τὴν
υἱικήν σου ἐλέγχειν ⁸) διάθεσιν, πῶς ἄνευ πατρικοῦ βουλεύ-
ματος ἠθέλησας ἀποκρισαρίους πρὸς τὸν Πάπαν στέλλειν.

¹) In L. ist von υ nur die vordere Hälfte erhalten, und es steht etwas
darüber, was υφ gelesen werden könnte, aber wohl vielmehr von der aus-
radirten früheren Schrift herrührt. Es ist anzunehmen, dafs Friedrich in Brindisi war, als die päbstlichen Sendboten sich nach Griechenland einschifften, und
dies benutzte, um auf sie einzuwirken. S. die Einleitung.
²) sonst vernunftgemäfs, hier schön zu sagen, wie im zweiten Briefe
τὸν τοῦ ὀνόματος ἡμῶν εὐφημισμόν. Die Ereignisse, welche gemeint sind,
berichtet Georg. Acropol. Cap. 47: ἦρος φανέντος ... διαπεραιωθεὶς .. τὸν
Ἑλλήσποντον ἐν τῇ Τζουρουλῷ τὸ πρῶτον ἀφίκετο. Er nahm die Stadt nach
kurzer Belagerung und liefs die Besatzung über die Klinge springen. Ἀλλὰ
καὶ τὸ τῆς Βιζύης ἄστυ, στρατιὰν ἐκπέμψας, διὰ βραχέως κεχείρωκεν. Acrop.
setzt hinzu: ὥρα γὰρ πάνυ τὰ τῶν Λατίνων ἠσθενημένα. Gleich darauf
erzählt er dann den Kampf um Rhodus, über dessen für Vatatzes glücklichen
Ausgang Friedrich oben seine Freude aussprach.
³) L. αὐτό mit ϑ über ο.

sich, als sie anfänglich hier Rast machten, gegen Deine Kaiserliche Majestät anders gesinnt, als sie jetzt gesinnt sind wegen der verschiedenen ruhmvollen Ereignisse, welche sie über Deine Kaiserliche Majestät von Uns gehört haben. Hieraus kann Deine Kaiserliche Majestät die in ihrem Inneren verborgene Schlechtigkeit erkennen, wie sie nicht zu Wahrhaftigkeit und Bringung eines Vertrages dorthin kamen, sondern um nach Gewohnheit Unkraut mitten zwischen Vater und Sohn zu säen. Seit sie aber die Liebe Deiner Kaiserlichen Majestät fest und unerschütterlich und von der väterlichen Liebe nicht loszureifsen gefunden, wagten sie nicht mehr, weiter zu gehen, und verwandelten die Reden in eine unbestimmte Unterhaltung, damit ihre Schlechtigkeit hierdurch verhüllt werde. Denn aus dem so von ihnen Vorgebrachten kann ein Jeder zusammenreimen und schliefsen, dafs ihre Pfade nicht gerade sind, und ihre Füfsc unrein zur Verkündigung des Evangeliums.

Unsere Hoheit will aber auch in väterlicher Weise Deine Gesinnung als Sohn anklagen, wie Du ohne den Willen des Vaters Gesandte an den Pabst abfertigen mochtest. Denn Deine

---

⁴) Nach dem bekannten Gleichnisse Christi. Der Kaiser wendet es auch im Briefe 1. 19 bei Peter von Vinea an: quod iste Romanae sedis antistes, cui non satis est in Italiae partibus impetiisse nos hactenus, nisi in regni nostri pomerio (schr. pomario) .. spinas interserat. Als Sohn bezeichnet Friedrich hier den Vatatzes selbst, seinen Schwiegersohn.

⁵) L. ἀνὰ μεταξύ.

⁶) Anspielung auf Sprichwörter Sal. 4. 26: ὀρθὰς τροχιὰς ποίει σοῖς ποσὶ καὶ τὰς ὁδούς σου κατεύθυνε.

⁷) Dies geht auf Römerbrief 10. 15: ὡς ὡραῖοι οἱ πόδες τῶν εὐαγγελιζομένων εἰρήνην, τῶν εὐαγγελιζομένων τὰ ἀγαθά nach dem Ausspruche des Jesaias 52. 7: Πάρειμι ὡς ὥρα ἐπὶ τῶν ὀρέων, ὡς πόδες εὐαγγελιζομένου ἀκοὴν εἰρήνης, ὡς εὐαγγελιζόμενος ἀγαθά und Christi Wort zu den Aposteln im Evang. Johannis 13. 10: Ὁ λελουμένος οὐ χρείαν ἔχει ἢ τοὺς πόδας νίψασθαι, ἀλλ' ἔστι καθαρὸς ὅλος.

⁸) L. wie oben mit doppeltem λ.

52

Ἔδει τὴν ἀγάπην σου τὴν ἡμετέραν πρώτως ἐλεῖν¹) βουλήν.
Παπειραμένοι γὰρ τῶν ὡδέ²) ἐσμεν, καὶ τῶν τοιούτων ἡ
κακία ἡμᾶς οὐ λανθάνει· ὡς καὶ ἡμεῖς ἐκ τῶν φυομένων
πολλάκις ὑποθέσεων τῶν αὐτόθεν μερῶν ἄνευ τῆς σῆς βου-
λῆς πράττειν τι ἢ ἐπιχειρῆσαι οὐ βουλόμεθα, ὡς τὰ³) γειτνιά-
ζοντά σοι μέρη γνωριμώτερα⁴) τῇ βασιλείᾳ σου, ἤπερ⁵) ἡμῖν.
Ὅμως ἄπερ ἡμῖν ἡ βασιλεία σου ἔγραψεν, ἀποδεχόμεθα ὡς
ἀνατεθέντα τῇ ἡμετέρᾳ θελήσει τε καὶ διακρίσει. Καὶ ἰδοὺ
κάτεργα⁶). Χωρὶς ὑπερθέσεως ἐξ ἄλλα πλοῖα ἱκανὰ ἀπὸ
τοῦ Βρεντησίου⁷) πρὸς τὸ Δυρράχιον ἀποστέλλονται πρὸς τὴν
τῶν ἀποκρισιαρίων τῆς βασιλείας σου διαπλώισιν καὶ περαίω-
σιν, καὶ ἄνθρωπον αὐτοῖς ἀπὸ τῆς ἡμετέρας αὐλῆς⁸) ἀπεστεί-
λαμεν πρὸς τὸ ἀνασῶσαι αὐτοὺς πρὸς ἡμᾶς καὶ τοῖς φρερίοις
εἰπεῖν, ἐπὶ τοσοῦτον ἀργῆσαι ἐν τῷ Δυρραχίῳ, ἕως οὐ ἡ
αἰθριότης ἡμῶν συντύχῃ τοῖς ἀποκρισιαρίοις τῆς βασιλείας σου·
καὶ διὰ τάχους ὕστερον σταλήσονται τὰ πλοῖα διὰ τὸ πε-
ρᾶσαι⁹) αὐτοὺς ὡς ἡμᾶς.

---

¹) L. ἐλεῖν.
²) A. Nauck vermuthet τῶνδε für τῶν ὧδε.
³) L. die Abkürzung von τὴν für τὰ, eine Verwechselung, über welche
ich S. 6 gesprochen.
⁴) L. γνωρικώτερα.
⁵) L. εἴπερ.
⁶) Uebersetzung von en naves, eigentlich siehe da, Schiffe! Κάτεργον,
triremis, Ducange.

Liebe mufste erst Unseren Rath einholen. Denn Wir haben in dergleichen Erfahrung und die Schlechtigkeit solcher Leute entgeht Uns nicht: wie auch Wir von den häufig vorkommenden Gegenständen der dortigen Gegenden nichts ohne Deinen Rath thun oder unternehmen wollen, da die Dir benachbarten Gegenden Deiner Kaiserlichen Majestät bekannter sind, als Uns. Dennoch nehmen Wir das, was Uns Deine Kaiserliche Majestät geschrieben, als Unserem Wunsche und Unserer Entscheidung unterbreitet, an. Und die Kriegsschiffe sind da! Ohne Verzug werden sechs andere geeignete Fahrzeuge von Brindisi nach Durazzo zum Einschiffen und Uebersetzen der Gesandten Deiner Kaiserlichen Majestät abgeschickt, und Wir haben eine Person von Unserem Hofe zu ihnen abgeschickt, um sie zu Uns glücklich herüberzuführen und den Klosterbrüdern zu sagen, sie sollten so lange ruhig in Durazzo bleiben, bis Unsere Hoheit mit den Gesandten Deiner Kaiserlichen Majestät zusammengetroffen ist; und schleunig werden darauf die Fahrzeuge gesendet werden, um sie zu Uns überzusetzen.

---

*) Diese Form kommt auch in den Constitt. utriusque Siciliae und sonst vor. Bei Steph. von Byzanz ist sie Variante in der besten Handschrift, der Rehdigerschen, für Βρεντέσιον, und steht in der nächstbesten, der Vossischen, und in der Aldina.

*) L. αὐλῆς.

*) L. περάσαι, wie am Ende des ersten Briefes.

VIERTER BRIEF.

Φρεδερίκος βασιλεὺς Ἰωάννῃ, τῷ ἐπιφανεστάτῳ Γραικῶν βασιλεῖ.

Προσθεῖναι [1]) γράμματα γράμμασι πολλὴν ἐκ διαδοχῆς τὴν ἡδονὴν κομίζοντα, οὐ μόνον τοῖς κατὰ συγγένειαν οἰκειωμένοις [2]) καὶ καθαρᾷ ἀγάπῃ συνδεδεμένοις, ἀλλὰ καὶ τοῖς τυχοῦσι φίλοις πλείστην ἐκφέρει τὴν εὐθυμίαν. Διὸ τῇ καθαρᾷ ἀγάπῃ τῆς βασιλείας σου ἐπὶ τοῖς μικρῷ [3]) πρότερον μηνυθεῖσιν ἡμῶν προτερήμασι, καὶ τοῦτο αὐτὸ ὡς ἐπίλογον εἰς τέρψιν αὐτῆς γράφειν οὐκ ἀναδυόμεθα [4]). Συγχαίρειν γὰρ ἴσμεν τὴν βασιλείαν σου ἐν πάσαις ταῖς εὐτυχίαις ἡμῶν, καὶ τοῖς προτερήμασιν ἡμῶν συνευφραίνεσθαι. Γνωρίζομεν τοίνυν αὐτῇ, ὅτι οἱ τῆς μάρκας καὶ Ῥωμανιόλας πιστοὶ ἡμῶν, τοῦ κρείττονος καὶ ἐπιτερπεστέρου [5]) μέρους τῆς Ἰταλίας ὄντος, μαθόντες τὴν φανερὰν ἀπάτην καὶ τὰς δολοπλοκίας, ἃς οἱ δοκοῦντες προεστάναι τῆς ἐκκλησίας [6]) ἔρραπτον καθ᾽ ἡμῶν [7]), καὶ τὰς ἐπιορκίας, ἃς ἐποίουν καθ᾽ ἑκάστην, τὸν ἡμέτερον βεβαιούμενοι θάνατον [8]), καὶ τῆς ἡμετέρας εὐσταθείας [9]) καὶ εὐεξίας λαβόντες πληροφορίαν [10]), ἅπαντες πρὸς τὴν ἡμετέραν

---

[1]) L. προσθῆναι.

[2]) Weil auch in der älteren Sprache viele mit οἰ anfangenden Verba nicht augmentiren (Buttm. ausf. Gramm. §. 84. Anm. 6), so mochte ich nicht ᾠκ. ändern.

[3]) L. μικροῖς. Ich schreibe den Singular mit Nauck.

[4]) L. ἀναδύεται, was richtig ist, wenn vor οὐκ ausgefallen ist ἡ αἰθρίοτης ἡμῶν. Ich habe einen Fehler in der Endung angenommen, der leicht durch eine Abkürzung veranlaßt werden konnte.

VIERTER BRIEF.

Kaiser Friedrich an Johannes, den durchlauchtigsten Kaiser der Griechen.

Zu einem Briefe einen anderen zu fügen, welcher viel Angenehmes hinter einander überbringt, verursacht nicht nur den sich durch Verwandtschaft Angehörenden und durch lautere Liebe Verbundenen, sondern auch dem ersten besten Freunde das gröfste Vergnügen. Deshalb entziehen Wir Uns dem nicht, der lauteren Liebe Deiner Kaiserlichen Majestät zu den kurz zuvor angezeigten Vortheilen auch eben dies als Nachwort zu dero Ergötzen zu schreiben. Denh Wir wissen, dafs sich Deine Kaiserliche Majestät bei allen Unseren Glücksfällen und Unseren Vortheilen mitfreut. Wir thun ihr also kund, dafs Unsere Getreuen in der Mark und der Romagna, welches der bessere und anmuthigere Theil Italiens ist, nachdem sie die offenbare Täuschung und die Truggewebe, welche diejenigen, die der Kirche vorzustehen schienen, gegen Uns spannen, und die Meineide, welche dieselben täglich leisteten, indem sie Unseren Tod versicherten, erkannt und die Ueberzeugung von Unserem Wohlbefinden und Unserer Wohlfahrt gewonnen hatten, sämmtlich

---

*) insofern diese Gebiete an Fruchtbarkeit nur von der terra di lavoro übertroffen werden, die ja im Königreich beider Sicilien lag.

*) L. τὴν ἐκκλησίαν. Möglich, dafs damals das Verbum dem Sinne »regieren« gemäfs den Accusativ zuliefs; doch konnte ich es nicht nachweisen.

⁷) L. ἡμᾶς. Ich nehme Naucks Aenderung auf.

⁸) Hierüber habe ich zum vorigen Briefe und in der Einleitung gesprochen.

⁹) L. εὐσταθίας.

¹⁰) L. πληροφορ mit einem Raum für zwei Buchstaben und den Zwischenraum der Wörter.

ηὐτομόλησαν δυσπορίαν ¹). Τὸ κάστρον δὲ Φίρμου τῆς μάρκας ²), ὅ τι τῇ τοῦ τόπου ἰσχυρότητι καλὸν ³) παπαδικῇ ἀτυ-
χεστάτῃ καὶ ἀκεφάλῳ στρατιᾷ τοῖς ἡμετέροις ἐδόκει προσ-
τάγμασιν ἀνθεστάναι ⁴), μὴ φέρον τὴν μυριάριθμον πληθὺν
τοῦ στρατοπέδου ἡμῶν, τὰς στρατιωτικάς τε φάλαγγας καὶ
πεζικὰς τάξεις ⁵), καὶ τοξοτῶν ἄπειρα γένη ἑτερογλώσσων
ἐθνῶν ⁶), ἐξ ὧν πᾶς ὁ χῶρος ἐκεῖνος ἐκατελάβετο ⁷) καὶ τὸ
κάστρον πέριξ ἐστενοχωρεῖτο, βίᾳ πεισθέντες οἱ ἐντὸς, τῆς
ἀνάγκης κατεπειγούσης αὐτοὺς, αὐτὸ ἡμῖν παρέδωκαν, καὶ
αὐτοὶ ὡς δέσμιοι πρὸς τοὺς περὶ ἡμᾶς παρεγένοντο. Πόλεις,
κάστρα, χῶροι ⁸) καὶ ὀχυρώματα, ἃ παπαδικῇ δολιότητι ἀπὸ
τῆς ἡμετέρας παρέκλιναν βασιλείας, τὸ ψεῦδος ἀφέντες ⁹)
τῇ ἀληθείᾳ προςέδραμον. Ἡ ἄνω δ᾽ ¹⁰) Ἰταλία, ῥωννυμένη
τῇ τῆς πίστεως ἡμῶν σταθηρότητι, ὅλη προαιρετικῶς ¹¹) τοῖς
ἡμετέροις θεσπίσμασιν ¹²) εἶκει ¹³). Οἱ νεωτερίσαντες ¹⁴) δὲ
τῇ ὁμοίᾳ πλάνῃ ἐν τῇ Ἀλαμανίᾳ ¹⁵) καὶ εἰς ἀδόκιμον νοῦν
ἐκστήσαντες ἑαυτοὺς, ἐκ τόπου ¹⁶) εἰς τόπον ὑπὸ τῆς δυνά-

---

¹) Sonst vom Marsche; hier für ἀπορία, Verlegenheit. Man sollte eher
εὐπορίαν erwarten, da der Kaiser immer seine Lage rühmt und sie hier als
mifslich darstellen würde.

²) L. μαρίας. Firmo, Seestadt in der Mark Ancona.

³) L. καὶ und über λ einen Circumflex, also καλων.

⁴) L. ἀνθιστάναι. Obgleich man ἀνθιστάναι verstehen könnte: die
Festung Unserem Befehle entgegenzustellen, ziehe ich doch die aufgenommene
Verbesserung Naueks vor. — Der Besatzung fehlte ein ordentlicher Anführer,
daher wird sie hauptlos genannt. Der Cardinal gilt dem Kaiser nicht als
Feldherr.

⁵) Hier sind wieder die στρατῶται als Ritter den Truppen zu Fuſs ent-
gegengestellt.

⁶) L. ἑτερογλωσσων ohne Accent. Ich habe in der Einleitung bemerkt, daſs saracenische Bogenschützen aus Afrika an diesem Feldzuge theil-
nahmen.

⁷) Wohl nicht Medium für Passivum, sondern das von dem Neugriechi-

freiwillig Unserer Schwierigkeit entgegenkamen. Die feste Stadt Firmo in der Mark aber, welche einem ganz unglückseligen und hauptlosen päbstlichen Heere wegen der Festigkeit des Ortes geeignet schien, sich Unseren Geboten zu widersetzen, welche aber gegen die zahllose Menge Unseres Heeres und die Ritterphalangen und Schaaren zu Fufs und der Bogenschützen unermefsliche Stämme fremdzüngiger Völker, von welchen jene ganze Gegend eingenommen und die Festung rings herum eingeengt wurde, nicht Stand halten konnte, diese übergaben Uns die darin Befindlichen, mit Gewalt dazu beredet, indem sie die Noth dazu drängte, und sie selbst stellten sich den Unsrigen als Gefangene. Städte, Festungen, Flecken und Burgen, welche durch päbstliche Ränkesucht von Unserer Kaiserlichen Majestät abgegangen waren, verliefsen den Trug und liefen der Wahrheit zu. Oberitalien, durch die Beständigkeit Unserer Treue gesichert, fügt sich insgesammt gern Unseren Aussprüchen. Die, welche sich in Deutschland in ähnlicher Verblendung aufgelehnt hatten und zu einem unedlen Sinne abgeirrt waren, vermögen, von der

---

schen $\varkappa\alpha\tau\alpha\lambda\dot{\alpha}\beta\omega$ gebildete Imperfect mit doppeltem Augment. Ich kann die Form sonst nicht nachweisen.

⁸) L. $\chi\dot{\omega}\varrho\alpha\iota$. Ich habe Naucks Verbesserung aufgenommen.

⁹) Das Masculinum nach der constructio ad synesin.

¹⁰) δ" ist in der Handschrift, die hier stark radirt ist, fast verschwunden.

¹¹) L. $\chi\varrho\alpha\iota\varrho$ mit einer schwierigen Abkürzung für die letzten Buchstaben. Das aufgenommene Adverb kommt bei den Kirchenvätern vor in der Bedeutung gern, aus freien Stücken.

¹²) Eigentlich Orakel. Oracula nannten die späteren Kaiser der alten Römer ihre Aussprüche; die byzantinischen Kaiser $\lambda\dot{o}\gamma\iota\alpha$. Diese Ausdrücke waren natürlich, sobald den Kaisern göttliche Ehre zu Theil wurde. Die Kirchenväter nennen jeden Ausdruck der Bibel $\lambda\dot{o}\gamma\iota\sigma\nu$.

¹³) L. $\epsilon\check{l}\nu\epsilon\iota$.

¹⁴) L. hat $\dot{\alpha}$ oder $\dot{\omega}$ für ι.

¹⁵) L. $\dot{\alpha}\lambda\alpha\mu\alpha\nu\iota\tilde{\alpha}$.

¹⁶) L. $\tau\varrho\dot{o}\pi\sigma\nu$.

μεως τοῦ περιποθήτου ἡμῶν υἱοῦ, τοῦ ῥηγὸς ¹) Κορράδου, πολεμικῶς διωκόμενοι οὐ σθένουσι) τόπον εὑρεῖν εἰς ἀποκρυβὴν αὐτῶν. Οὕτω γοῦν ἡ ἐκ θεόθεν ²) βασιλεία ἡμῶν, τῇ ἄνωθεν προμηθίᾳ κρατυνομένη, τὸ ὑπήκοον ἅπαν αὐτῆς ἐν εἰρήνῃ διέπει καὶ διιθύνει, ὃ οὕτως εἰς χαρὰν τῇ συγγενικῇ γνησίᾳ ἀγάπῃ τῆς βασιλείας σου διὰ τῶν παρόντων γνωρίζομεν.

¹) L. bietet nur schwache Spuren von ῥη.
²) L. φθάνουσι.

Macht Unseres vielgeliebten Sohnes, des Königs Konrad, krie-
gerisch von Ort zu Ort verfolgt, keinen Ort zu finden, um sich
zu verbergen. So lenkt und leitet Unsere Kaiserliche Majestät
von Gottes Gnaden, durch die himmlische Fürsorge gestählt,
ihr ganzes untergebenes Reich in Frieden, was Wir so der ver-
wandtschaftlichen, ächten Liebe Deiner Kaiserlichen Majestät
durch Gegenwärtiges zur Kenntnifs bringen.

---

²) Eigenthümlich ist dieser dichterische Gebrauch. Θεόθεν allein kommt bei
den Kirchenvätern und Byzantinern öfters vor, wie Niceph. Greg. Band I.
S. 32. 20 Schopen. Synes. Briefe 137. So oben S. 28. Z. 3.